U0015276

【台語翻譯頭一本】

Lá ～ sioh ～ bòng

羅生門

Kài tshuan Liông tsi kài

芥川龍之介

短篇小說選

I

林東榮◎譯

鄭順聰◎台文審定

目錄

作者紹介

Tsok-tsiá
siāu-kài

明治二十五年（一八九二），芥川龍之介佇日本東京的京橋區出生，昭和二年（一九二七），選擇自盡結束家己的性命，享年三十五歲。伊一世人創作的短篇小說欲倚四百篇，佮志賀直哉攏號做大正時代的文豪。

為紀念芥川，日本共七月二十四日伊自盡彼工，定做「河童祭」。昭和十年（一九三五），至友菊池寬佮伊創辦的雜誌《文藝春秋》設立「芥川獎」，是日本純文學界上重要的榮顯，牽叫做「作家登龍門之獎」。

本名新原·龍之介，阿爸新原敏三是經營牧場的成功事業家，無疑誤，阿母 Fuku（フク）生伊無幾個月煞得著精神病，就共伊送予阿舅芥川道章佮阿姨 Fuki（フキ）晟養大漢。阿母不幸佇龍之介十歲的時過身，十二歲正式過予阿舅做囝，改姓做芥川龍之介。

芥川讀冊是：小學六年、舊制的中學五年、免

試入學高等學校（第一高等學校）三年、東京帝國大學英文科三年出業。伊自細漢就興看冊，大量閱讀日本、中國、西洋古典文學，例如德冨蘆花（とくとみ ろか，Tokutomi Roka）、國木田獨步（くにきだ どっぽ，Kunikida Doppo）、易卜生（Henrik Ibsen）、梅里美（Prosper Mérimée）、都德（Alphonse Daudet）等人的作品。十八歲時，寫一篇長長的歷史論文〈義仲論〉刊佇《學友會雜誌》，伊對義仲彼款憑「自我意志」、無受禮教束縛的行動，非常非常崇拜，成做芥川的個性佮人生的意義：「做一个自由、熱情、野性的查埔囝。」按呢的精神，尾後出現佇伊濟濟的作品內底，展開伊無比止的豐沛才情。

讀一高的時陣，前後屆有真濟同學嘛蓋有才情，同窗像菊池寬、久米正雄等後來攏成做出名的大作家，一高閣袂少同學和伊全款去讀東京大學。就按呢，高中和大學這幾年，佮遮的文學同志做伙參詳研究、鼓舞相佝、互相批評。同時，伊積極參加各種文藝活動，譬如《新思潮》雜誌的創刊等等，就佇這段時間，共作家的底蒂拍予起來。

頭一篇作品〈老年〉，是二十二歲讀大學彼時

發表的，後來〈羅生門〉、〈鼻仔〉等小說陸陸續續發表。〈鼻仔〉這篇出擢的作品，受著文壇前輩夏目漱石的欣賞，來共引薦牽成，才正式行入文壇。

芥川創作的上主要是短篇小說，少的兩、三千字，較長的嘛才三、四萬字，逐篇攏有作者想欲表達的訴求，無論是結構、鋪排、文字等等，功夫是真幼路、極懸坎。自古以來，日本人對「小」物件有偏愛，這就是日本的「幼路文化」，芥川的短篇小說正正是日本這款「幼路文化」的代表之一。

芥川本身有五項才調：一、曠闊的學識；二、超級的好奇心；三、都市人對新事物的興趣；四、勢想像，範圍闊；五、下町（downtown）成長大漢的環境。伊的題材不管是古典文學、傳說、社會現象、古早時、現代生活，而且毋管是人生、社會、藝術、思想、文化，各種問題齊來到伊的筆仔尾，像魔術師變化手路轉做文字和創作。毋但按呢，伊作品的文體是有夠濟款：描寫體、說明體、獨白體、書簡體、談話體、問答體、記錄體等等攏有。當然，短篇小說佇題材上較會通選擇，尤其伊佇下町大漢，對常民的生活樣態佮人性捌甲真透，全走

入去伊作品的內底面。芥川是褪赤跤徛佇家己土地
的作家，用作品來共社會的現實面焐光，點拄或警
告，正劚帶倒削，傍文章來推揀社會向前行。

　　芥川流文學，表現是人性，烏暗光明都有，字
字句句表露真實，掠世相來捏雕，伊捌對後輩講：
「共你的生活寫出來，起大膽共告白啦！」（もっと己
の生活を書け、もっと大胆に告白しろ）。

　　若掠題材的來源做分類，芥川文學量其約是按
呢：

一、王朝典故：〈羅生門〉、〈鼻仔〉、〈淮山糜〉、
　　〈地獄變〉、〈竹林內〉等。
二、歐化佮時代的變化：〈秋〉、〈舞踏會〉、〈一
　　塊地〉、〈玄鶴山房〉等。
三、基督教相關：〈奉教人之死〉、〈火神 A-gū-nî〉
　　（アグニの神）、〈煙草佮惡魔〉等。
四、遊記：〈上海遊記〉、〈江南遊記〉、〈長江遊記〉
　　等。
五、人生終章：〈河童〉、〈某阿呆的一生〉、〈齒輪〉
　　等。

芥川的藝術創作袂退時行，到今猶共日本人的心掠牢牢，蓋濟小說舉編入中小學、高中教科書，現代日本人攏捌讀過伊的作品。閣較免講渙對全世界去的芥川流，已經有四十幾个國家的翻譯版本囉。

上轟動的是，日本的大導演黑澤明（くろさわ あきら，Kurosawa Akira）佇一九五〇年，用〈竹林內〉的內容拍跤本、共號做《羅生門》（らしょうもん，*Rashōmon*）的經典電影，得著世界各影展的大獎，予西方世界熟似認捌日本的文化。這部電影尾後生出「羅生門效應」（Rashomon effect）這个時行詞，就佮內底的故事全款，代誌亂操操捎無摠頭、毋知真相到底是啥？

芥川的藝術創作是濟濟款，文體變化萬千，主角是各種人物性地都有。作品毋管長或短，攏有伊的作品，和深帶闊的意涵，通予各級學校做教材，予學生那讀那想，上好閣做伙來討論、激頭殼。無全人讀全一篇芥川，定定有無全的感想；讀者會當揀家己有趣味的作品來吟味、來斟酌、來思考。

予往過的讀者感動著，現此時的人深深感想，甚至成做未來的預言，芥川流文學會講是萬年久遠啊。

鼻仔

Phīnn-á

鼻，はな

講著禪智[1]這位內供僧[2]的鼻仔，佇池尾 (Tî-bué) 這箍圍仔是通人知。伊的鼻仔有五、六寸長，對頂喙脣垂落來到下頦，鼻仔的形是對頭到尾攏平粗，親像一條長長的煙腸，吊佇規个面的中央。

內供今 (tann) 就五十捅歲矣，自從做小沙彌到這陣 (tsín)，升到內道場供奉僧的職位，心內自頭到尾攏為這支鼻仔受苦，這馬表面上是當做無在意。伊當然知影，做一个出家人，該當規心追求來世淨土，規工咧煩惱彼支鼻仔是講袂得過的——其實，是因為伊驚予人知影家己掛意彼支鼻仔，普通時講話就真驚去講著。

這支鼻仔會予內供傷腦筋的原因有兩項：代先是鼻仔生遮長，無蓋利便，煞無法度靠家己食飯；若準一个人食飯，鼻仔會去碰 (pōng) 著碗內的飯。就按呢，內供愛叫一个弟子坐佇伊的對面，佇伊食飯的時陣，弟子就攑一支一寸闊、兩尺長的柴片共鼻仔扶 (phôo) 起來。猶毋過，按呢咧食飯，對鼻仔予人扶咧的內供、佮共鼻仔扶懸的弟子，實在是無蓋偌輕可。有一改，一个中童子[3]做弟子的替手來攑柴片，就佇共伊的鼻仔扶懸的彼時，無拄好拍

咳啾 (kha-tshiùnn)，手煞振動，鼻仔就按呢垂落麭底，這層代誌是傳到規京都城通人知——抑是講，這對內供來講，毋是鼻仔予伊受苦，是因為這支鼻仔傷著伊的自尊心，才會遮爾仔艱苦。

踮池尾的町人仔咧講，內供生彼款鼻仔，嘛好佳哉毋是在家人士，才會較好命；若無，有彼款鼻仔，恐驚無一個查某人肯嫁予伊。甚至，嘛有人供體[4]講「伊就是有彼款鼻仔才會來出家的」。不而過，內供無認為家己是出家人就較袂去煩惱這支鼻仔，伊的自尊心是足敏感的，袂去予這款某娶有娶無的結果性事實來礙著。因此，伊毋管是積極 tik 抑是消極 tik [5]，攏來試看覓，看會當恢復這個損害去的自尊心無？

內供頭一個想著的，是揣看有予鼻仔看起來較短的法度無？無人佇邊仔的時陣，伊會提鏡用各種角度照鼻仔，共照出來的面形斟酌看。干焦變換面的角度猶是予伊袂放心，就閣用掌下頦[6]，抑是共手指頭仔貼佇下頦等等，好禮仔來觀察，三看四看就是揣袂著好步數，予鼻仔看起來較短淡薄。有當時仔，愈落苦心去揣，鼻仔顛倒是愈看愈長。佇這

時，內供就共鏡收轉去箱仔底，想講就到今矣，哪著閣怨嘆，伊就氣吐予大大，無意仔無意，誠毋情願行轉去經桌唸《觀音經》。

紲落來，內供就直直咧注意別人的鼻仔。池尾這間佛寺是捷捷咧舉辦僧侶供養和講經說法，僧寮起相連，起甲滿滿滿，浴間仔逐工攏有寺僧（sī-tsing）咧燃燒水，因此，佇遮出入的、出家的、在家的，各色各樣的人都有。內供誠認真咧斟酌逐个人的面，伊是想講，若是會當相著一个人的鼻仔佮伊全款，伊就會較放心。就按呢，穿水干[7]抑是穿白色帷子[8]是袂走入去內供的目睭底，何況紺色的僧帽和椎鈍[9]的僧服是早就看甲真慣勢，袂輸是有若無咧。內供無咧看人，獨獨咧看鼻仔爾爾——不而過，伊是捌看過鸚哥鼻[10]，就是毋捌看過佮伊的鼻仔欲成欲成的。一擺閣一擺就是毋捌看著，內供的心就愈來愈無爽快，佮人講話的時陣，攏會無意識 tik 共垂落來的鼻仔捏看覓。人講年歲較濟面就較袂紅，這時的伊，面煞是紅絳絳，攏是這支鼻仔予伊袂爽快所致。

落尾手，內供想講來去揣佛家佮教外的經典，

揣看有人的鼻仔佮伊的全款無？若是有，就會當予伊家己加一屑屑仔安慰。聽人講目連、舍利佛的鼻仔較長，嘛毋捌看過佇佗一本經典有寫著，當然，龍樹和馬鳴的鼻仔是佮一般人全款。內供聽人講震旦 [11] 的蜀漢劉玄德的耳仔真長，想講彼若是鼻仔，家己的孤獨感毋知會當消偌濟咧。

內供除了佇這款消極 tik 方法下苦心以外，全時間嘛四界走揣共鼻仔變短的積極 tik 方法，這就是毋免閣加講矣。內供共會當試的方法攏試了了矣，伊捌試過共王瓜煎 [12] 湯來啉，用鳥鼠尿鑢 (lù) 鼻仔。總講一句，試過遮爾濟的方法，鼻仔猶原是五、六寸長垂到下頦。

有一年的秋天，內供的弟子為伊的代誌去到京都，按一位熟似的醫生迄得著通共鼻仔變短的方法。彼个醫生是對震旦來的查埔人，這馬佇長樂寺做供奉僧。

佮平常時全款，內供是假影無掛意伊彼支鼻仔，故意無愛 (buaih) 講這个方法就趕緊來試看覓。一方面，見若食飯，伊會用輕鬆的口氣共弟子

講：「這攏是增加恁的工課，我是感覺足袂得過。」
其實，伊內心是咧等遮的弟子開喙，來勸伊就愛趕
緊來試彼个方法。弟子並毋是毋知影內供的拍算，
猶毋過，弟子對伊的拍算並無反感，顛倒予弟子增
加對伊的同情心。就按呢，照內供料想的，弟子就
開喙勸伊愛來試看覓，內供就照家己所料想的，順
弟子的苦勸來做。

方法其實是誠簡單，就是用燒水浸鼻仔，浸過
了後就用跤來踏。浴間仔是逐工燃燒水，弟子就去
浴間仔舀 (iúnn) 燒水來，燒水是燒甲予手指頭仔攏
毋敢伸入去，愛用捾鍋 [13] 拎 (lîng) 轉來。猶毋過，
鼻仔若是直接駐 (tū) 落去捾鍋，燒水氣恐驚會共面
燙 (hannh) 一下著傷。個就佇飯盤 [14] 的中央挖一
空，來當做捾鍋的蓋，鼻仔對這个空伸入去燒水內
底就會使得矣。干焦是共鼻仔浸入去燒水內底，面
是一點仔攏袂燒，浸有一時仔久了後，弟子就講：
「浸了有夠矣！」

內供只是苦笑，伊是想著若是干焦聽著這句
話，應該就無人會注意這是咧講鼻仔的代誌矣。鼻
仔去予燒水燙過，袂輸是去予虼蚤 [15] 咬著全款，是

足癢足癢的。

內供共鼻仔對捾鍋摸出來，弟子就用兩肢跤出力去踏彼支燒唚唚（sio-hut-hut）的鼻仔。伊倒坦敆（tó-thán-khi）共鼻仔伸佇塗跤枋頂，弟子是一跤攑懸、一跤踏落去，咧振動的兩肢跤就佇內供的目睭前。弟子有當時仔會感覺伊足可憐的，就對禿頭的內供講：「敢會疼？是醫生交代講愛直直踏，踏較久咧，會疼 honnh？」

內供想欲搖頭來表示袂疼，猶毋過 honnh，鼻仔予人用跤咧踏，頭殼無法度自由振動，只會當用頂懸的彼蕊目睭共看，這馬干焦看會著弟子兩肢跤全全凍傷的必巡 [16] 爾爾，就用敢若咧受氣的口氣應講：「袂疼啦！」

論真講，鼻仔足癢的所在予跤踏，毋但是袂疼，顛倒是感覺真爽快。

踏一睏仔了後，鼻仔就發（puh）一種像米粒的物仔出來，袂輸是敢若規身軀的毛搝了了 [17]、規隻烘好的鳥仔全款。弟子一下看，兩肢跤就停落來，

喃（nauh）講：

「醫生有講這愛用鋏仔（giap-á）共鋏掉！」

內供敢若是鼻仔踏了猶無夠氣，面仔膨獅獅（phòng-sai-sai）無講話，據在 [18] 弟子去創。當然伊嘛知影弟子的好意，知是知，只不過，共我的鼻仔當做物仔咧對待，就是感覺誠袂爽快。內供就激（kik）一个袂輸予無信任的醫生手術的患者彼款面腔，無啥情願咧看弟子用鋏仔共鼻仔毛管孔的膩瓟 [19] 鋏出來，膩瓟的形狀就親像鳥仔毛的毛骨 [20]，有四分長 [21]。

無偌久，膩瓟總揬了了矣，弟子看起來較放心矣，就講：「閣來燙一改好無？」

內供雖然是無啥願意，面仔結結結，猶是照弟子的意思閣創第二擺。

就按呢，第二擺創了後，共鼻仔揬出來一下看，果然有比原來的閣較短，按呢就佮一般的鸚哥鼻差無偌濟矣。內供共縮短的鼻仔摸摸咧，用弟子提來的鏡膽膽仔來看，人煞歹勢歹勢。

鼻仔——本來垂到下頦的鼻仔,已經勼(kiu)到予人想袂到、是干焦垂到喙脣的頂懸,無啥元氣竚佇遐咧歇喘。規支鼻仔全紅色的釘點(tìng-tiám),這應該是跤踏過的痕跡。按呢一定就無人會閣共笑矣——佇鏡內底的內供看著鏡外口的內供的面,敢若誠滿意,佇咧佮伊瞬目睭。

不而過,彼日內供規工煞有一種鼻仔敢會閣再變長的不安,因此,佇誦經的時陣,佇食飯的時陣,見若有閬縫(làng-phāng),手就會伸去鼻仔遐共摸看覓咧。鼻仔猶是規規矩矩竚佇喙脣頂懸,已經毋是較早垂到下頦去的彼款景緻矣。閣來,暗時睏一暝,隔轉工精神了後,伊頭項代誌就是去摸鼻仔,猶是短短無變,內供認為這是伊久年來抄寫《法華經》粒積的功德所致蔭,心情就不止仔爽快。

是講,一工過了閣一工,內供發現予伊意外的現象。一位武士拄好有代誌來到池尾個這間寺,伊彼款奇怪的表情是早前無的,人恬恬無啥話,干焦是掠伊的鼻仔金金看。毋但按呢,進前無小心予內供的鼻仔落糜的中童子,佇講堂外佮內供相閃身的時,想欲笑煞硬共忍起來,頭犁犁,猶毋過無偌

久就忍袂牢，大聲笑出來矣。內供叫倚來欲交代代誌的遐的中法師，佇伊面頭前猶是真有禮貌，煞毋知，內供若是面向後壁，個就忍袂牢笑出來，這款代誌閣毋是發生一、兩擺爾爾。

起初，內供的開破是因為家己的面容改變所致，不而過，這種開破敢若是猶無夠好勢——當然，中童子佮下法師會笑的原因就是佇遮無毋著。猶是講，全款咧笑，感覺佮較早長鼻仔彼時的笑就是有佗位無全款；準講是長鼻仔看了慣勢矣，對短鼻仔猶未看慣勢，就感覺真笑詼嘛是合情合理。話是按呢講無毋著，應該是猶閣有啥物才著。

——早前是無像這馬笑甲遐爾仔無站無節 (bô-tsām-bô-tsat) 呢。

這句話就是內供定定共誦經停落來、共伊彼个禿頭向敧敧 (ànn-khi-khi) 的時按呢踅踅唸的。佇這个時陣，敬愛的內供，人會戀神戀神，那去看掛佇壁堵的普賢畫像，那回想起四、五日前長鼻仔的時陣，那感嘆「怨慼今仔日的落魄，想起昔日的囂俳奢颺」，心情就足鬱卒的。真可惜，對內供來講，

欲回答這問題,是無彼款智慧的。

——人有兩種相踏脫[22]的感情。每一个人對他人的不幸攏有同情心,猶毋過,彼个不幸的人若是共伊的不幸切斷來脫離不幸,遮的人的心內煞會感覺有所不足。講較諏的,就是遮的人甚至是希望彼个人閣再淪落去原底彼款不幸。就按呢,無偌久雖然是消極 tik,遮的人會閣再對彼个人抱著歹意。內供雖然是毋知影啥物理由,總是感覺袂爽快,就是伊有感覺著,池尾僧俗的態度,一定就是對這款「旁觀者的利己主義」所引起的。

就按呢,內供的心情愈來愈穩,紲落去就是,對啥物人是一開喙就會歹衝衝共罵,到尾仔,是連彼个共伊治療鼻仔的弟子嘛會佇尻脊後講「內供會受著佛法慳貪[23]的罪喔」。尤其予內供上蓋受氣的,就是彼个手銃[24]的中童子:有一工,內供聽著狗仔是吠甲誠大聲,就恬恬仔行出去外口欲共看覓,彼个中童子攑一支兩尺長的柴片揮來揮去,咧逐一隻瘦瘦的長毛狗,閣毋是干焦咧逐狗仔爾爾,伊是喙那唸「鼻仔拍袂著,啊,鼻仔拍袂著」,那攑彼支柴片欲拍彼隻狗。內供自中童子的手頭共彼

支柴片搶過來，隨對伊的喙顊大力抶 (kuat) 落去，彼柴片就是進前咧扶內供鼻仔的彼支。

內供是足毋甘願的，呔會鼻仔變短，煞顛倒愈予人起怨妒咧？

紲落去，是一个暗暝的代誌。日頭杳杳仔暗落來，忽然間一陣風吹起來，共塔頂懸的風鐸[25] 拍甲鈴鈴叫，鈴聲是吵到伊的枕頭邊。而且天氣是愈來愈寒，有歲的內供想欲睏就是睏袂去，倒佇眠床頂，兩蕊目睭金金，雄雄感覺鼻仔有各樣，足鑿 (tshák)、足癢的，伸手去共摸看覓，摸著鼻仔有一屑仔水氣走出來，人嘛有小可仔發燒。

——「這就是硬欲共鼻仔縮短才會著病的款！」

這是內供用可比是共花插佇佛前彼款的禮敬，那摸伊的鼻仔那講的。

隔轉工早起，內供僧照常早早就精神，目睭擘金，看著寺內的銀杏佮七葉樹的葉仔，是一暗就規个落了了，規个園仔親像舒一重黃金全款光焱焱 (kng-iānn-iānn)，掠做是受塔的厝頂有凍霜所致。

而且，佇這个拍殕仔光的早起時，塔頂九輪（寶輪）的光嘛倒照甲真鑿目（tshak-bak）。禪智內供共格仔枋揀起去頂懸，徛佇緣側 26 吐一个大氣。

就是這个時陣，會當講是強欲袂記得的彼款感覺，閣轉來到內供的身軀矣。

內供隨用手去摸鼻仔，手摸著的已經毋是昨暗彼支短短的鼻仔，鼻仔是垂落來到下頦，有五、六寸長，這就是伊原底的彼支長鼻仔。內供才智覺著，伊的鼻仔是過一暝就回轉（tńg）來到本成的長度，仝彼个時陣，伊有感覺著，鼻仔拄變短彼个時陣的爽快閣倒轉來矣。

——「若按呢，定著無人會閣共我笑矣。」

內供就佇心肝內那對家己按呢講，那共彼長長長的鼻仔，囥佇早起時的秋風內底，據在伊幌啊幌啊幌。

◇◇◇◇◇◇◇◇◇◇◇◇◇

1 禪智（Siân-tì）：有一考據稱禪智是民部少輔行光之子。

2 內供僧（lāi-kiong-tsing）：「內道場的供奉僧」之簡稱，
自全國德高望重的高僧中選出十人，在皇宮的內道場服
務，為天皇的健康等誦經祈福。

3 中童子：在寺裡修行的少年稱為童子，也幫忙寺裡的雜
務及上級僧人外出時陪伴等等。以年齡長幼分為上童
子、中童子、下童子。

4 供體（king-thé）：以譬喻或含沙射影的方式罵人。

5 積極 tik、消極 tik：日本原文是「積極的、消極的」，意
思是積極性、消極性。應該是早期日本時代的先人，將
日本原文的「的」用台語音「tik」來讀的。

6 掌下頦（thènn ē-hâi）：托下巴。

7 原文為「水干」（すいかん）：絲製的民間常用服。本文
稱「Tsuí-kan」。

8 原文為「帷子」（かたびら）：絲或麻製和服，官家人員
所穿。本文稱「Kha-tà-pí-lā」。

9 原文為「椎鈍」（しいにび）：椎葉染成的淺墨色僧服。
本文稱「Si-ì-ni-pì」。

10 鸚哥鼻（ing-ko-phīnn）：鼻子形狀像鸚哥的嘴，特徵是
高、挺、而且長，鼻端往內鉤。

11 震旦：中國。

12 王瓜：烏瓜。煎（tsuann）：熬煮、燒煮。

13 原文為「提」（ひさげ）：銀、錫製有把手的小壺，主要用
於裝熱水或酒用。本文稱捾鍋（kuānn-ue）。

14 原文為「折敷」（おしき）：飯盤。四方形有邊，放食物用。

15 虼蚤（ka-tsáu）：跳蚤。

16 必巡（pit-sûn）：龜裂。

17 掣了了（tshuah-liáu-liáu）：拔光光。

18 據在（kì-tsāi）：任由、任憑。

19 膩瓤（jī-nn̂g）：脂肪層。豬羊等牲畜皮下的脂肪層。

20 毛骨（môo-kut）：羽軸，Rachis。

21 四分：約 1.21 公分。

22 相踏脫（sio-táh-thut）：自相矛盾。

23 原文為「法慳貪」（ほうけんどん）：佛法的慳貪（kian-tham）的罪。慳貪：貪欲，無慈悲。

24 手銃（tshiú-tshìng）：形容小孩子頑皮。

25 風鐸（hong-tók）：日本寺塔的塔頂四個角落所吊的小鐘（風鈴）。

26 緣側（iân-gáwa）：傳統日本木製家屋四周的外廊。

【譯者導讀】

〈鼻仔〉（鼻，はな）是芥川龍之介佇大正五年（一九一六）發表的短篇小說，乃根據《今昔物語》佮《宇治拾遺物語》兩本古籍的題材，以平安王朝歷史小說為背景所創作的。有幾若改牟選做日本高中教材，是欲顯現「人性的惡毒佮暗烏」的小說，本台語譯本共號做〈鼻仔〉（Phīnn-á）。

這篇小說的概要是按呢：主角是一位五十捅歲叫做「禪智」的出家人，已經是做到「內供僧」——就是皇宮內的道場供奉僧。這個職位是對日本全國德高望重的高僧選出十個，佇皇宮內的道場主持為天皇祈福的儀式，地位是足懸的。猶毋過，禪智的鼻仔生成就足長的，垂落來到下頦：一來生活上無利便，食飯的時陣著愛弟子共鼻仔扶懸；二來長鼻仔去予人笑，予伊有自卑感（complex）。就按呢，伊是用心計較，去揣法度予看起來無遐爾長。拄開始無成功，紲落拚勢剛走揣共鼻仔變短的方法。落尾手是用燒水浸了後閣用跤蹔，結果確實予鼻仔看

起來較短，就是佮一般人無精差矣。不而過，嘛全款是予人笑，終其尾鼻仔閣變倒轉來原底遐長囉。

〈鼻仔〉是芥川二十四歲大學出業的時發表的，受著當時的文壇大老夏目漱石的舉荐（kí-tsiàn），才正式行入文壇。

讀者會當對主角禪智原底的長鼻仔去奚笑，生活無利便所引起的自卑感，規心欲共變短的過程，閣有禪智心理的變化來斟酌、吟味。

同時，禪智身軀邊的人對伊的恥笑，就是芥川所訴求的「人性的惡毒佮暗烏」，而且引出「人有兩種相踏脫的感情。每一个人對他人的不幸攏有同情心。猶毋過，彼个不幸的人若是共伊的不幸切斷來脫離不幸，遮的人的心內煞會感覺有所不足」。咱會當將心比心來思考，嘛通佮當今社會的種種現象做比並。

小說的上落尾，變倒轉來原底的長鼻仔彼時，禪智發覺「做原本的家己」才是正途，予伊的心情做一下輕鬆起來。

【連想——認清家己的誠實模樣】

　　我的原生家庭，環境佮別人是無全款。老爸做無幾分地的田，是散赤的作穡人，下面閣有四個小弟。本成老爸按算伫我小學出業了後，送去佮人學師仔，也已經是允好矣，三年四個月出師做木匠，就會當鬥趁錢晟小弟。

　　就是這種家庭環境，做囡仔自較有力頭以後，就愛鬥做厝裡的工課，較大漢就綴阿爸阿母去田裡鬥相共。讀國校彼時，下課轉去厝，冊揹仔抨咧隨落田鬥做，會記得彼個時陣厝裡嘛無讀冊桌仔，寫字攏是伫椅條頂，坐伫低椅仔抑是戶橂（hōo-tīng），而且電火干焦是灶跤有一葩，田裡鬥做工課攏嘛做甲暗眠摸，「讀冊」干焦是伫學校的時陣綴人讀的，轉去厝閣再做功課、寫作業的記持是真薄。

　　我家己是真愛讀冊，向望會當閣起去讀初中甚至是讀閣較懸。到五年級彼時，學校有設一班升學班（一學年有四班），毋管以後出業會當升學無，就

講入去升學班。升學班有兩位老師，分別負責國文佮數學，下課了後就留佇學校讀冊加強，到日頭落山，字看無矣才轉去——彼個時陣，教室猶無牽電火——阮就叫做「補習」，一月日愛交十箍銀做「謝師費」，會記得厝裡錢絚，定定慢交，有當時仔甚至無交。

到初中入學考試欲報名時，學校請翕相館來學校翕畢業相佮報名用的個人相，我無欲去讀初中，當然就毋免翕個人相。後來老師發現個人相哎會無我的？就去阮厝裡共阮阿爸問。彼陣我佇升學班的考試成績攏排佇頭前，老師認為我應該是會牢，到尾仔，老師共阿爸講：「看囡仔的成績應該是考會牢，請你予伊去考，若是考牢矣就通做我的教學成績。」（後來，阮彼年有十四個考牢省中，拍破追分國校的紀錄。）就按呢，老師佇第二工下課了後，𤆬我去烏日的翕相館翕相，到今猶會記得是坐「烏日紗廠」交通車的回頭車：規台車才老師佮我兩個人爾爾。

畢業矣，我就準備欲去學師仔，無疑悟，放榜就像老師所料的，我有考牢。佇阮彼個庄跤，消息

的流通是夭壽緊，庄裡就隨風聲講：「某乜人的後生考牢清水初中無欲予讀，煞予伊去學師仔。別人咧考是考袂牢，伊是考牢無欲予讀，僥倖喔。」（庄裡全年出業的有九個查埔囡仔：三個無升學，六個升學的才三个考牢省中。查某囡仔有五個，攏無升學，全去做女工。）

毋知按怎，消息就傳到老師遐，伊隨拚來勸，嘛是無效。到尾仔，庄裡一位佮阿爸全沿較親的好額人阿伯來勸了後，才肯予我繼續讀。誠久了後才知，阿爸是驚無錢通納學費，知影這情形的阿伯就共阿爸講：「若有困難就來揣我」。

就是按呢拂一百輾迵，老爸才允我去讀清水中學初中部。猶毋過，紲落老爸愛來煩惱，學費逐學期愛兩百八十箍，是欲對佗來？

頭擺的學費是按怎來的？應該是家己知影會當讀初中，歡喜甲傷過頭，無去共要意。是講，閣來的學費是記甲誠清楚，攏是按呢攢的：老爸飼豬賣錢來做我的學費，伊計算豬仔愛飼偌久才會當賣，就對交學費的日仔倒算，掠豬仔囝來飼。當然阮遮

的囝仔著愛去割豬菜、焐豬菜、鬥飼豬。會記得逐學期註冊前幾工的透早，豬販仔就會來阮兜掠豬。

彼時學校有允準通使用兄長用過的冊，只要提去學校確認頓印仔就毋免買新冊矣。好佳哉阮表兄和我讀仝學校閣懸一年，我初中三年就攏用伊的冊，這就予我逐學期省幾十箍的冊錢。

入去讀冊了後，代誌是沓沓仔愈捌愈濟，知影同學的老爸真濟是軍人佮公務人員，閣聽著軍人佮公務人員的子弟有免學費的制度。想著作田的老爸為著兩百八十箍的學費，愛了遐爾濟心思，啊個是一箍銀就免！後來人生的路途嘛有拄著濟濟的不平、無合情理的代誌。

毋過，這款的刺激應該是有啟發著我，就親像〈鼻仔〉予咱的啟示：

原本就是按呢，就面對伊、接受伊，佇其他的所在精進才是正途。

認清現狀，面對家己誠實的模樣！怨嘆嘛無路用，嘛毋是怨嘆的時陣，就共變做一生拍拚的原動力。

蜘蛛的絲

Ti-tu ê si

蜘蛛の糸

一

　　有一工，佛祖 [1] 一个人行佇蓮花池邊。池仔內的蓮花是開甲親像玉仔白鑠鑠，蓮花中央的金色花蕊發 (puh) 出一種講袂出來的芳味，一直淡，淡袂停。這時，拄好是極樂世界的早起。

　　無偌久，佛祖徛佇池仔邊，對披 [2] 甲規水面的蓮花葉仔縫看入去，想欲看下跤是生做啥物形。這个極樂世界的蓮花池下面，就是地獄，地獄的水像水晶，是遐爾仔透明，三途川 [3] 佮針山 [4] 的景色就親像看西洋鏡全款 [5]，是看甲現現現。

　　地獄內底面，佛祖看著一个號做 Khàn-tà-thà[6] 的查埔人，佮其他的罪人全款佇遐蟯蟯趖。Khàn-tà-thà 這个查埔人是一个刣人放火、歹事做盡的大賊頭，毋過，伊是會記得有做過一層善事：就是這个查埔人，有一工行佇樹林內，看著路邊有一隻蜘蛛佇咧爬。Khàn-tà-thà 跤攑起來就欲共踏落去，隨就想著：「袂使得，袂使得，伊細隻是誠細隻，較講嘛是一條寶貴的性命，按呢無張無持共踏死，敢袂傷僥倖？」伊就改變主意，無共蜘蛛踏死，予彼性

命通保全。

佛祖那看地獄，那想起 Khàn-tà-thà 保全蜘蛛性命的彼層代誌，想講伊做過按呢的善事，定著就愛予伊一个回報，若準會使得，就來共這查埔人對地獄救倒轉來。閣真拄好，佛祖看著邊仔翡翠色蓮花的葉仔頂面，有一隻極樂世界的蜘蛛，當咧吐一條足媠、足媠的銀絲。佛祖就用手共蜘蛛絲擎（tshiû）起來，蓮花葉的空縫像玉仔遐爾白，伊就共蜘蛛的絲下落去，直直縋[7]落去地獄的萬丈深坑。

二

這是地獄的血池，Khàn-tà-thà 佮其他的罪人全佇遐浮浮沉沉。毋管看對佗位去，一四界攏是暗趖趖，有當時仔會對烏暗中浮出一種烏幻（oo-huánnn）光影的物件，彼就是恐怖針山爍咧爍咧的針，使人心肝有講袟出的不安。而且，四箍圍仔像佇墓仔埔全款，恬卒卒，干焦聽著罪人不三時發出來、細細聲咧哀嘆。墜落到這个所在的人，攏已

經佇地獄受過心理和肉體的酷刑，到今都忝甲軟餞餞，連欲哭的氣力都無矣。做過大賊頭的 Khàn-tà-thà 嘛干焦會當佇血池內底喉滇[8]，像欲死的四跤仔佇遐沐沐泅[9]。就是彼時，Khàn-tà-thà 無張持攑頭對血池頂懸看過去，佇無聲無說的烏暗中，按遠遠遠的天頂，有一條銀色的蜘蛛絲，無愛予人看著彼款，像一束幼幼的光線，真緊就垂到伊的頭殼頂懸來矣。Khàn-tà-thà 看著是暢甲擋袂牢，噗仔聲拍起來。伊想講，若是順這條絲跍起去，就會當脫離地獄矣。毋著，若較順序咧，閣通去極樂世界，若是按呢，就免拳揀入去針山，嘛毋免閣沉入血池內底矣。

想到遮，Khàn-tà-thà 雙手緊共蜘蛛絲搦 (la̍k) 牢咧，拚食奶仔力跍向頂懸去。伊是賊頭底的，跍索仔這款代誌可比桌頂拈柑，熟手仔熟手。

不而過，地獄佮極樂世界差欲幾若萬里遠，準講閣較著急，嘛是無遐爾輕可就通跍到位。按呢跍有一時仔，就忝甲會呼雞袂歕火，連一跤步就跍袂起去矣。姑不而將的伊，按算欲來歇喘一下，伊就倒吊佇蜘蛛絲的頂懸，目睭那對深無底的下面看落去。

蜘蛛的絲 Ti-tu ê si

就按呢下性命咧拍拚跙，拄才仔家己猶佇遐沐沐泅的血池，今毋知底當時已經藏佇烏暗底矣。彼个略略仔會發光、利劍劍的針山，嘛佇伊的跤下面，照按呢的範勢跙起去，對地獄脫身應該是無啥問題。Khàn-tà-thà 雙手那共蜘蛛絲搦牢咧，那發出自來到這所在猶毋捌發出的聲音，喝講「誠讚！誠讚！」就大大聲笑出來矣。就佇此時伊犁 (lê) 頭看，佇蜘蛛絲的下跤面，有真濟真濟算攏算袂了的罪人，綴佇伊跙過的後壁，像狗蟻排一列，佮伊全款下性命規心欲跙上 (tsiūnn) 頂懸。Khàn-tà-thà 一下看是驚惶閣恐怖，人可比是戇人大喙開開，賰彼對目睭會振動爾爾。伊是驚這幼細的蜘蛛絲會斷去，掛遮爾濟人的重量敢接載會牢？若準佇半途就斷去！遮爾無簡單伊才跙到遮，就愛閣跋倒轉去原來的地獄，按呢就毋值矣。就佇按呢咧想的同時，烏暗的血池有數千數萬的罪人，一陣閣一陣欲來跙這光微微仔咧爍的蜘蛛絲，排做一列，khók-khók 跙，繼續咧跙向頂懸。伊咧想這時若無動作，蜘蛛絲一定會對中央斷做兩橛，個規陣就攏總愛跋跋落去囉。

就按呢，Khàn-tà-thà 大聲喝講：「喂，喂，恁遮的罪人！這條蜘蛛絲是我的喔，是啥人允準恁跙！落去！落去！」

就佇這時，本底好好的蜘蛛絲，雄雄就對 Khàn-tà-thà 手搦的所在 phiak 一聲斷去矣。就按呢，Khàn-tà-thà 嘛袂擋得，一下手就若像干樂按呢是那轉那輾，倒頭栽跋落去烏暗的萬丈深坑矣。

落尾，賰極樂世界的蜘蛛絲的光微微仔爍，佇無月娘無天星的天頂，垂佇遐欲死毋盪幌 [10]。

三

佛祖就倚佇極樂世界的蓮花池仔墘，這層代誌伊是自頭看到尾。無偌久，佛祖就看著 Khàn-tà-thà 若石頭彼款沉落去血池內底矣。佛祖面容哀悲，勻勻仔來起行。見想就想欲家己一个人脫離地獄，煞無慈悲的心腸，這是 Khàn-tà-thà 該當受的罪罰，就予伊跋轉去原底的地獄囉。就（tsiū）佛祖看來，

是伊歹心歹行（hīng），終其尾才會按呢生。

不而過，極樂世界的蓮花是全無顛悶[11]，像玉仔彼款白鑠鑠的蓮花佇佛祖的跤邊，花萼（hue-gȯk）開始振動，對中央的金色花蕊發出一種講袂出來的芳味，直直渗，渗出來。極樂世界就來到正中畫囉。

◇◇◇◇◇◇◇◇◇◇◇◇◇◇

1　原文為「御釈迦様」：釋迦佛祖，釋迦牟尼佛，本文簡稱「佛祖」。

2　披（phi）：鋪上。

3　原文為「三途川」（さんずのかわ）：地獄、餓鬼、畜生稱「三途」，即三惡道。人死後，根據在現世（此岸）的所做所為（行善行惡），要渡過此三途川、去到來世（彼岸），看能進到哪一道。在台灣稱「奈何橋」。

4　原文為「針の山」：地獄裡的針山。

5　原文為「覗き眼鏡」：peep show，西洋鏡。早期供人欣

賞西洋景色的器具。大箱子裡面放進數張西洋畫片，畫片是用繩索順序變換，箱子前方設置眼鏡供人觀賞。眼鏡有放大的作用，觀賞的人能清楚看到連續的西洋景色。

6 原文為「犍陀多」（かんだた）：人名，Kandata。本文稱「Khàn-tà-thà」。

7 縋（luī）：用繩子之類將東西垂降。

8 喉滇（âu-tīnn）：哽咽。因悲傷致氣息受阻說不出話來。

9 沐沐泅（bȯk-bȯk-siû）：在水中掙扎，載沉載浮。比喻身處困境，求助無門。

10 欲死盪幌（beh-sí-tōng-hàinn）：搖搖晃晃。亦有欲死毋盪幌（beh-sí m̄ tōng-hàinn）的說法。

11 顫悶（tsùn-būn）：影響，擾動。

【譯者導讀】

〈蜘蛛的絲〉原作是芥川龍之介的小說〈蜘蛛の糸〉（くものいと），大正七年（一九一八）四月十六佇《赤鳥》（赤い鳥，tshiah-tsiáu）雜誌的創刊號發表。這篇〈蜘蛛的絲〉嘛牵選入日本的中學（國中）的教科書，是一篇文學要素真強的童話故事。

《赤鳥》這本囡仔文學雜誌是日本的兒童文化運動之父鈴木三重吉（すずき みえきち，Lîng-bo̍k Sam-tiông-kiat）所創辦的。當時有名的作家芥川龍之介、有島武郎、泉鏡花、北原白秋、高濱虛子、德田秋聲、菊池寬、西條八十、谷崎潤一郎、三木露風等等攏投稿支持這本兒童雜誌，雜誌的童謠佮童話帶動日本的兒童文學風潮。芥川真出名的青少年作品〈杜子春〉、〈狗仔佮笛仔〉、〈魔術〉、〈火神 A-gū-nî〉攏是佇《赤鳥》雜誌發表的。

〈蜘蛛的絲〉概要是按呢：

跋落去地獄咧受苦的大賊頭 Khàn-tà-thà（犍

陀多），較早捌做過解救一隻蜘蛛的善事，佛祖的慈悲心就垂一條幼幼的銀色蜘蛛絲予伊，Khàn-tà-thà 是暢甲擋袂牢，共絲搦咧就跕向極樂世界。猶毋過，伊煞看著蜘蛛絲的下跤面，有數千數萬濟濟的罪人綴佇伊後壁，仝款咧跕起去蜘蛛絲頂懸，欲跕向極樂世界。Khàn-tà-thà 就浮出人性的利己心，叫遐的罪人袂使得跕──落尾蜘蛛絲不幸斷去，伊就佮濟濟的罪人全閣摔轉去原來的地獄去矣。

佛祖顯出深沉的悲哀面容。

〈蜘蛛的絲〉這「只是想著家己好」的故事，有人推測芥川寫作的靈感對這兩葩來的：

一、根據杜斯妥也夫斯基的長篇小說《卡拉馬助夫兄弟們》，其中彼葩「一枝蔥仔」來的。

二、根據美國有名的東洋哲學學者 Paul Carus 於一八九四年發表的《Karma: A Story of Buddhist Ethics》，日本佛教學者鈴木大拙以「因果の小車」的標題譯做日文，明治三十一年（一八九八）九月出版。全書有八篇，其中一篇即為〈The Spider-Web〉（蜘蛛的絲）。

芥川伊人愛看冊是真出名，閣是英文系出身，捌佮人合譯羅曼・羅蘭（Romain Rolland）《托爾斯泰傳》，這兩本冊應該是攏有看過。毋過，芥川的作品有濟濟位引用佛教的道理，就有人認為是根據《Karma》的可能性較懸。

咱會當對人性原有的利己心來讀來思考，體會「因果報應」佮「利他」的困難──也就是袂當干焦考慮家己，就愛時時去顧慮著別人才著啊！

【連想──小說是人生的一面鏡：帶念著慈悲的心腸】

阿喜倒佇病院的眠床頂，接著「王董 --ê」祕書的電話，講王董本成欲來病院看伊，姑不將著辭掉。彼是因為「白 --ê」彼陣人辭頭路，個家己閣去開一間新公司，王董著愛即時想對策，就袂當來矣。

阿喜電話講煞，心肝穎仔隨走出五、六年前佮

王董 --ê 去看白 --ê 團隊的彼幕。

彼時白 --ê 的技術團隊是得著一位企業主的資金,做有一站仔,過無偌久資金就開焦矣。企業主無料想著資金需要遐爾濟,看毋是勢無欲繼續投資,白 --ê 個若是無新的資金投入,就愛包袱仔款款咧收擔矣。

好死毋死揣著王董 --ê,問伊欲接手無?王董 --ê 知影阿喜是讀個彼途的,就招伊做伙去鬥看。看過了後,阿喜的直接反應是:遮的人?敢好?我的直覺毋是誠好勢。

是講,這个技術團隊確實有做出物件,毋是干焦空喙哺舌爾,產品也是個這產業絕對需要的,而且需求會愈來愈大。這款產品的技術佮市場,攏搦佇日本人的手頭,國內是有生產,煞攏是國內用而已。猶毋過,咱國家濟濟的產業攏綴佇日本的尻脊後,後來就共拚過,早期的電風、吹風機、鐵馬等等的產業攏是按呢,tsuánn 變做世界第一。咱的人材和資金若有夠,較緊手咧,好好仔拚是有機會的。

　　就按呢，王董決定接收白 --ê 的技術團隊，設立新公司，招兵買馬欲好好仔捒拚，為咱國家建立一个新的世界級產業。

　　阿喜較早捌創過一个對空（khòng）開始的事業，做了閣袂穤，受業界看重。同業的王董看著，對阿喜有好印象就開始有往來。

　　王董捌佇大財團內底整過一个誠成功的新事業體，受著財團重用。伊眼界闊，有腹腸，人範閣誠好，袂輸扞大艦隊的指揮官彼款將才。

　　就按呢，有王董來炁領，濟濟資金和人才是一直投入來，無幾年就佇業界受重視，慢慢仔來徛起。產品得著業界主要客戶來採用，拍入去日本的世界級企業，同時得著日本的技術授權。踮國外設廠，佮國內大財團談合作，各色人才攏入來矣，而且邀請有幫贊的企業投資，共長期發展的資金攢便便，會使講是共地基鞏好勢矣。

　　公司是愈來愈壯大，各色人才齊到，個個是發揮專長，相對的，煞予白 --ê 感覺家己的存在價值

愈來愈低。白--ê是扞技術開發的部門，就來想講：「技術是干焦我會曉，這間公司本來是我的。」伊感覺誠毋是滋味，心內起抾膏（keh-kô）。是講，伊仙想都想袂到，落尾會去開一間公司來相拚。

本成王董的規畫是先共公司做有起、徛有在了後，紲落去才去開創新產品，原底的產品部門才予白--ê來扞頭，這層代誌公司是通人知。

白--ê彼陣人落尾就去開一間生產仝產品的公司，閣佮仝一個市場，就按呢，兄弟仔相剸就毋是小可仔，是刀刀見血。同時，佇原來的公司，王董需要時間來補這个技術的空，煞毋知，佇這个「絕對競爭」的行業，可比一台車速度催盡磅，輪仔若雄雄破去，氣勢就總無去矣。

濟濟的人才和資金投入，想欲創造佮人會比並、佇世界徛起的規陣人的向望，就按呢破滅、火花去，到尾仔這間公司是佇退咧欲死濫幌。

白--ê的公司後來是變做按怎？台灣是狹狹仔，這款背骨的行為隨就佇業界傳透透矣。同時新創公

司是需要速度，速度若欲緊，就需要好人才佮夠額 (kàu-giàh) 的資金，人才佮資金主要是看頭人的人望。人講：「腹腸偌闊，事業就做偌大！」白 --ê 的公司後來變做按怎應該是看現現，就毋免閣加講矣。

白 --ê 是全無帶念著王董 --ê 佇伊危難的時陣相救，毋但是無報恩，閣反倒轉來設公司來相拚，這敢毋是佮〈蜘蛛的絲〉內底彼箍大賊頭 Khàn-tà-thà 仝款咧？

一點仔都無帶念佛祖解救伊的慈悲心，見想就想欲家己一个人脫離地獄，無慈悲的心腸。

人講：「歷史只是一面鏡，誠可惜，咱人是干焦看，攏袂共變做教訓。」芥川這篇〈蜘蛛的絲〉敢干焦是一面鏡？或者照出來的，是人類循環的運命？

羅生門

Lá-sioh-bòng

羅生門，らしょうもん

有一工的欲暗仔時，一个下人[1]佇羅生門覕雨。曠闊的門樓下跤，這个查埔人以外，人影是無半个，只有一隻杜猴[2]停佇咧紅漆落甲的大柱頂懸。羅生門姉踮朱雀大路[3]，照理講上無嘛愛有兩、三个戴笠仔的查某人，抑是戴軟烏帽仔的查埔人佇遮覕雨才著，這馬干焦這个查埔人爾爾。是按怎汰會按呢咧？這兩、三冬，京都捌有地動、起捲螺仔風、飢荒等等的災害，京都城是變甲衰敗稀微。根據記載，有共佛像、佛具損損予歹，共內底的木材，毋管是漆紅漆的，抑是貼金箔仔的、貼銀箔仔的，攏提來排佇路邊做燃火用的柴來賣。規个城市的光景變甲遮爾仔悽慘，修理羅生門這款代誌，汰會有人關心咧！羅生門拋荒甲按呢，也是有好代誌：狐狸來蹛遮，賊仔嘛來矣，是連無人認的死體都提來擲，煞變成一个慣勢。就按呢，日頭若暗落來，只要是人就會感覺誠恐怖，羅生門這箍圍仔就無人敢倚來矣。

相對來講，毋知對佗位來的烏鴉，規大陣規大陣飛來遮。日頭時仔，有幾隻烏鴉咧畫圓箍仔，佇徛咧懸位的吻獸[4]的四箍輾轉是那飛那吼。尤其

是羅生門的天頂,予欲落山彼款紅記記的日頭光照著,一隻閣一隻的烏鴉袂輸糝[5]烏麻仔,夆看甲清清楚楚。當然,烏鴉是欲來啄死體肉的——今仔日敢若是較暗矣,無看著半隻烏鴉,只賭一四界的崩塌。佇崩塌的石坎縫,雜草是發甲長 lóng-lóng,石坎頂面全一點一點白色的烏鴉屎。下人坐佇七層石坎的上頂層,穿一領洗甲退色的紺色外袍,那咧注意伊正爿喙頓彼粒大瘍仔子,人盹神盹神咧看雨佇咧滴滴落。

拄才作者有寫著「下人是咧等雨停」,不而過,下人是等雨停了後,嘛無位通去。平常時仔是會當轉去主人的厝宅,煞毋知,伊四、五工前就去予主人辭頭路矣。頭前嘛有寫過,斯當時的京都是衰敗稀微,下人會去予伊服侍退濟年的主人刣頭,定著是去予京都這回落坐[6]的時勢來牽連著。所以,寫講「下人是咧等雨停」,應該是愛寫「去予雨縛牢的下人,無位通去,毋知是欲按怎」,毋才較合意。而且今仔日的天氣,是加減有影響著這个平安朝下人的感傷[7]。雨是對申時[8]開始落,到今猶是一點仔欲停的勢都無。現此時,下人該當愛煩惱

明仔載欲按怎過——抑就是講，這款進無步、退無路是欲按怎解決？就按呢，想來想去揣無摠頭[9]，朱雀大路拄才開始落的雨聲，伊才會敢若無聽著、閣敢若有聽著。

雨共羅生門包牢牢，對遠遠傳來「tsắh」的雨聲。欲暗仔的烏陰天沓沓仔罩落來，攑頭看起去門樓的厝頂斜斜吐出來的厝脊，烏雲一重一重都共罩牢咧矣。

想欲解決這時的進無路退無步，就袂當揀手段。若準欲揀手段，落尾干焦會餓死佇咧塗牆跤[10]或者死路旁，死體就牽拖來羅生門，像狗仔按呢清清彩彩就牽擲掉。若準無欲揀手段——這是下人的想法，才會頭犁犁佇咧全一條路來回思量，到尾仔來到現此時的這款地步。不而過，這个「若準」終其尾嘛是干焦「若準」爾爾，下人雖然是肯定「莫揀手段」這个想法，若是欲予這个「若準」有一個結局，以後佇只有選擇「做賊仔以外無別步」的時陣，伊只是會積極 tik 共肯定爾爾，就是無彼个勇氣去做。

　　下人拍一个大咳啾，紲落來是真食力徛起來。欲暗仔時的京都是冷甲需要火燴[11]的季節矣，風敢若是佮烏暗講通和，全然無客氣吹對門柱的中間迴過去。停佇紅漆大柱的彼隻杜猴，毋知走去佗位矣？

　　下人那勼頷頸，那共金黃色內衫頂面所疊的紺色外袍的領領搵予較懸，對門外的四箍輾轉共看一輾，想講看會當揣著一个通遮風閘雨、予人看袂著，閣通輕輕鬆鬆睏一暝的所在無？伊隨就眼著跙起樓頂彼支闊身漆紅漆的樓梯，頂懸若準有人，應該攏是死人。下人穿草鞋的雙跤就踏起去樓梯的上低層，那注意伊紮佇褲頭的武士刀[12]刀殼，就莫予輾落去。

　　幾分鐘了後，欲跙起去羅生門樓頂的闊身樓梯中央，有一个查埔人身軀勼勼若貓仔，共喘氣聲忍牢咧，佇咧斟酌頂懸的動靜。自樓頂炤（tshiō）過來的微微光線，照著彼查埔人的喙頷，短短的喙鬚，喙頷有一粒孵膿（pū-lâng）的紅疕仔子。下人自頭就斷定樓頂是干焦有死人爾爾，樓梯閣跙兩、三層了後，看著樓頂有人咧點火，火敢若咧振

動徙來徙去。這就是彼个搖振動的濁濁黃色光，焐著全是蜘蛛網的天篷反射出來的，予伊知影有人佇遐。這个落雨暝，會佇羅生門樓頂點火的，應該毋是一般人物。

下人若像蟧蜈仔[13] 踮跤行（liam-kha-kiânn），跙到樓梯的頂懸層，身軀做伊共放予平，干焦共頷頸伸出去，膽膽去相頂懸的動靜。

樓頂是袂輸傳說話（uē）的彼款，幾若具死體亂擲甲一四界，火光焐著的範圍煞無所想的遐闊，到底有幾具死體就算袂出來矣。佇霧霧暗淡的燈火當中，只會當分別無穿衫的佮穿和服[14] 的死體，內底當然有查埔的、嘛有查某的。看遮的死體，予人起懷疑個敢是活跳跳的人來死去的？死體可比是用塗捏的塗尪仔，喙仔開開，手伸長長，烏白扞佇樓枋頂懸。而且，暗淡的光線照著肩胛頭、胸坎較懸的彼跡，反照的影崁著較低的所在，是感覺暗 bōng-bōng[15]，拄親像啞口的人，永世恬恬無講話。下人鼻著死體漚去的臭味，隨用手共鼻仔掩起來，猶毋過，佇後一个目瞬，伊的手就袂記得共鼻仔掩起來，是因為有一港真強的感情，共這个查埔人的鼻

覺（phīnn-kak）奪走去。

　　下人的目睭佇彼个時陣，才眼著跍（khû）佇死體中的彼个人：穿深茶色 [16] 的和服，人矮頓、瘦卑巴（sán-pi-pa）、白頭鬃，敢若猴山仔的老阿婆。老阿婆倒手攑一支松木片的火把，掠一具死體的頭面斟酌咧共看咧共繩（tsîn）：彼頭毛長長，看起來是查某人的死體。

　　下人是予六分的恐怖佮四分的好玄推揀，連喘氣就一時共放袂記得，袂輸是作者所寫的「規身軀的毛齊徛起來」 [17] 彼款感覺。老阿婆共松木片火把插佇樓枋縫，兩肢手共扡才彼具死體的頭殼揤 [18] 咧，若猴母抱猴仔囝咧掠蝨母，共死體的頭毛一枝仔一枝捽（tshuah）落來──頭毛敢若是用手就捽會起來的。

　　頭毛一枝一枝咧捽，下人心內的恐怖就綴咧一屑仔一屑仔消失。這陣，對老阿婆強烈的怨感就一點仔一點仔振動──毋著，講「對這个老阿婆的怨感」是有話蝨 [19]，應該愛講，對所有毒行的倒彈是一分一秒咧衝懸。佇這個時陣，若是有人對下

人問講「拄才佇羅生門下跤的彼个查埔人所想的，『是欲餓死抑是欲做賊』的問題」，下人是連想都免想，隨就會選「餓死」。可見這個查埔人的心有怙怨感，袂輸老阿婆插佇樓枋縫的彼支松木片火把，火是愈來愈猛（mé）。

下人毋知影老阿婆挈頭毛是欲創啥？合理的解說，應該是講伊無法度分別是善抑是惡，才會按呢做。不而過，對下人來講，這个落雨暝，佇這个羅生門的樓頂，挈死人的頭毛這款的毒行，是袂當原諒的。是講，下人到拄才仔，對猶是想欲做賊的彼層代誌，已經是袂記得了了矣。

下人隨就兩跤出力按樓梯躘（liòng）起去樓頂，嘛共武士刀揤牢咧，大伐行（tuā-huàh-kiânn）到老阿婆的面頭前。毋免加講矣，這个老阿婆定著是挈一趒。

老阿婆看著下人，可比箭拄離開弓的彼一目䁀，隨跳起來。

「你！你欲去佗位？」

老阿婆是那予死體勾咧,那兇兇狂狂緊欲旋,下人共老阿婆的跤路擋牢咧,隨共罵一聲。老阿婆出力欲共下人捒開,下人袂癮予老阿婆走,就共捒倒轉去。兩个人就佇死體邊話都無出喙,按呢揪牢咧挨來揀去。不而過,輸贏是自起頭就見分明矣,無偌久,下人就共老阿婆的手腕搦牢咧,硬共身軀偃佇塗跤。老阿婆的手腕像雞跤,賰皮包骨。

「你咧創啥?講,若毋講,我有這喔!」

下人共老阿婆放開,手隨共武士刀抽出來,白鑠鑠的鋼刀捒佇老阿婆的目睭前。這時,老阿婆就是恬恬毋出聲,驚甲兩肢手呠呠掣,肩胛頭搝懸搝落那振動那大心氣[20],目睭仁強欲對目箍吐(thóo)出來,目睭是褫甲開開,袂輸啞口的,就是恬恬毋講話。看著按呢,下人才智覺著,這个老阿婆的生死搦佇伊家己的手頭,這个意識就共伊火著的怨感潑(phuah)一下冷吱吱,賰落來的只是佮完成一項代誌、做了誠成功的時陣、彼得著的滿足佮得意全款。就按呢,下人就用較溫柔的口氣對老阿婆講:

「我毋是判官府[21]的人,是經過這个羅生門的

旅行者，我是欲共你縛起來、欲閣創啥貨的。只是，這个時陣佇這个門的頂懸，你到底是咧創啥？共我講予清楚就會使得。」

聽著按呢，老阿婆裼甲開開的目睭就展閣較開矣，掠下人的面金金看，目箍變甲紅紅，可比是肉食鳥（bah-sit-tsiáu）彼款的鷹仔目[22] 咧共看。紲落來，老阿婆彼个強欲佮鼻仔結（kiat）做伙、皺襞襞（jiâu-phé-phé）、袂輸有咬物件的喙脣才開始振動。嚨喉細細空，會當看著噗[23] 出來的嚨喉蒂仔[24] 咧振動。這个時陣，對嚨喉空發出來的，若像烏鴉咧啼、彼喘咧喘咧的聲，傳到下人的耳空來矣。

「咧摸頭毛啦，摸頭毛是按算欲來做假頭鬃啦。」

下人對老阿婆的回答是足失望的。這个失望的同時，進前的怨感佮冷淡的侮辱就同齊走入去伊的心肝頭。下人這款的面色敢若是有傳到對方遐去，老阿婆一肢手那共死體摸起來的長頭毛捎咧，用蜈蚣[25] 彼款聲，ti-ti-tu̍h-tu̍h[26] 講遮的話：

「有影啦！掣死人頭毛是毋著的代誌，猶毋

過……遮的死人攏是愛予人按呢來對待啊。這馬
我啊摵頭毛的這个查某人，凡勢就是共蛇剁做四
橛（kueh）曝焦做魚脯（hî-póo）、捾去太子宮護衛
營部 27 賣的人。若毋是致病來死去，伊這站應該嘛
是去咧賣。而且 honnh，這个查某人攏講伊的魚脯
真好食，營部的武士逐工攏共買轉去做配菜，我無
認為這个查某人做的代誌是歹事，伊若無按呢做就
愛餓死，是無法度的代誌。就按呢，這馬我佇咧做
的代誌，我嘛無認為是歹事喔。若是無按呢做，我
嘛就愛餓死，這是無法度的代誌。了解這款代誌有
影是無法度的這个查某人，嘛會諒解我對伊所做的
代誌才著。」

老阿婆講的話大概是按呢。

下人共武士刀收倒轉去，倒手那共刀殼揤牢
咧，正手一直摸喉頓彼粒紅紅孵膿的大粒疿仔子，
無意仔無意聽老阿婆講遮的話。不而過，佇咧聽遮
的話的當中，下人的心內就生出一種勇氣，彼是拄
才佇羅生門下跤的彼个查埔人所無的勇氣，而且是
佮拄才距起去門樓頂懸，欲掠老阿婆彼時的勇氣，
是完全無仝方向的。下人對「餓死抑是做賊」的選

擇全無躊躇矣，這个查埔人佇這个時陣的心頭內底，甚至無咧想「餓死」這件代誌，就共排除佇伊的意識之外矣。

「應該就是按呢！」

老阿婆的話講煞，下人就用恥笑的聲做這个確認，隨就向前踏一步，突然間，正手就離開彼粒瘰仔子，共老阿婆的頷仔領摸咧，喙齒根咬咧那講：

「按呢，我共你的和服剝走，你嘛袂拄恨honnh。若是無按呢做，我就愛餓死矣！」

歹人一下手就共老阿婆的和服剝掉，閣共將伊的跤揥牢咧的老阿婆真粗魯踢去死體的頂懸。這个所在到樓梯才五步遠爾爾，下人就共剝來的深茶色和服挾佇手股下（tshiú-kóo-ē），隨就行向樓梯，踏入去深 lóng-lóng 的烏暗瞑。

過無偌久，死死昏昏倒佇死體中央、無穿衫的老阿婆，精神矣。老阿婆是那唸那哼（hainn），佇火把猶咧著的火光跤，伊爬到樓梯口，短短的白頭鬃垂落去，兩蕊目睭裯金金，去相羅生門彼箍圍仔

的動靜。外口是烏嘛嘛（oo-mà-mà）的暗暝，下人
走去佗，無人知。

◇◇◇◇◇◇◇◇◇◇◇◇◇◇◇

1 原文為「下人」（げにん）：意思是奴僕、長工、使用人。
　若是譯做奴僕、長工，與文中意指帶刀（太刀）的武士不
　合。譯做使用人（sú-iōng-lâng）、下跤手人（ē-kha-
　tshiú-lâng）或下跤手（ē-kha-tshiú）也不能完整表
　達，本文直接用下人（hā-jîn）。
2 杜猴（tōo-kâu）：蟋蟀。
3 朱雀大路：平安京大内裡的南正面之朱雀門起，向南到
　羅生門為止的中央大道。京都以此大道分為左京、右京。
4 原文為「鴟尾」（しび）：吻獸（bún-siù），日本、中國
　及東亞古代建築的代表性裝飾，通常造在屋頂的兩端，
　外形顯眼。
5 糝（sám）：撒。摻入一些粉狀物，譬如：糝烏麻仔。
6 落坐（lóh-tshē）：衰敗、沒落、蕭條之意。
7 Sentimentalisme：法語。感傷（kám-siong），多愁善感。
8 申時：下午三點到五點。

9　摠頭（tsáng-thâu）：頭緒。

10　原文為「築土」（ついじ）：瓦頂板芯泥牆，本文稱「塗
　　牆」（thôo-tshiûnn）。「築土の下」意為塗牆跤（thôo-
　　tshiûnn kha）。

11　火燵（hué-thang）：用來取暖的火爐，原文為「火桶」
　　（ひおけ）。

12　原文為「聖柄」（ひじりづか）：武士刀的木柄表面沒貼
　　鮫皮。「聖柄の太刀」是較低階武士所攜帶的武士刀。

13　蟮尪仔（siān-ang-á）：也念蟮蟲仔（siān-thâng-á），守
　　宮、壁虎。爬蟲類。背部灰暗，身體扁平，能在牆上爬行。

14　原文為「和服」（わふく）：日本傳統服飾，本文稱「和服」
　　（hô-hók）。

15　暗 bōng-bōng：黑漆漆。形容非常黑暗的樣子，完全看
　　不見。

16　原文為「檜皮色」（ひはだいろ）：日本的傳統色，以檜
　　木皮染色，亦即扁柏樹皮的暗紅色。本文稱「深茶色」。

17　原文為「頭身の毛も太る」，意思是「規身軀的毛攏粗起
　　來」，本文用台灣較常用的「規身軀的毛齊（tsiâu）徛起來」。

18　揹（mooh）：緊抱。

19　話蝨（uē-sat）：語病。

20　大心氣（tuā-sim-khuì）：呼吸急促，喘不過氣來。

21　原文為「検非違使（けびいし）の庁」：本文稱「判官府」。

22　鷹仔目（ing-á-bàk）：鷹眼。銳利的眼神。

23　噗（phok）：凸出來。

24　嚨喉蒂仔（nâ-âu-tì-á）：小舌、懸壅垂。位於口內上顎，

軟口蓋後端的小肌肉，呈圓錘形狀。

25 螿蜍（tsiunn-tsî）：蟾蜍。癩蝦蟆。

26 ti-ti-tút-tút：結結巴巴的意思。

27 「太刀带」（たてわき）是東宮坊（皇太子的宮殿）護衛
的武士。「太刀带の陣」為「太子宮護衛營部」。

【譯者導讀】

這篇〈羅生門〉（羅生門，らしょうもん），是芥川龍之介佇大學時代所寫的，大正四年（一九一五）發表，是伊初期的傑作，也夆號做「王朝物」（以平安時代歷史小說為背景的作品）的頭一篇，是描寫人性「利己主義」出擢作品。

「羅生門」嘛叫做「羅城門」，徛佇平安京（京都）中央大道的上南爿。門樓後來損蕩去，佇今仔日東寺之西有羅生門遺址。日語發音「らしょうもん」，因黑澤明改編拍做電影大大出名，國際普遍用日文音 Rashōmon 稱呼，本台譯版原底是掠這呼音共號做 Rá-sioh-bòng ——台語無「Rá」這个音，就攄做「Lá-sioh-bòng」；「sioh」音仝「惜」，有憐憫同情的意思；「bòng」讀起來袂輸「懵」，懵懵懂懂看袂清，可比故事內予人舞袂清的憢疑和人性。

這篇小說的內容大概是按呢：一个落雨的欲暗仔時，去予主人辭頭路的下人揣無步毋知欲按怎，

就來到羅生門下跤觀雨。伊跍起去門樓頂懸，看著一个老阿婆咧擎查某死體的頭毛，予伊看著是足受氣。伊就共老阿婆揤牢咧，逼伊愛講是為按怎？老阿婆是為著莫去餓死，欲活落去，才揾死人的頭毛去賣，共毒行（to̍k-hîng）正當化。

這予下人心肝底的惡心得著勇氣，講出「若是無按呢做，我嘛就愛餓死」，就共老阿婆的和服剝去，行入去烏暗的暗暝中。

咱會當掠這小說的主角「下人」的心理變化來開破：舞台是天災人禍致使京都城衰敗、連羅生門就據在伊荒廢的時期，一个少年的下人去予主人刣頭，無工課走頭無路，干焦兩項通選：餓死，抑是做賊——就是講，若堅持伊「善」的本性就愛餓死，準無，欲活落去就愛選「惡」去做賊。下人就是堅持「善」才會四界走揣辦法，揣無步矣才來到羅生門觀雨。毋過，看著羅生門老阿婆偷揾頭毛的罪惡，下人用伊本成的「善」來看，是足感足感的。了後聽著阿婆的解說，予伊心理發生極大的變化，想講敢著遐爾仔堅持？就對「善」心變做「惡」心，共老阿婆的和服剝掉，行入去暗趖趖的

暗瞑內底。

芥川這篇〈羅生門〉乃描寫「善」與「惡」之人類究極倫理觀，也展現出「善」佮「惡」的心理變化。

〈羅生門〉上尾落一句「下人走去佗，無人知」，通予讀者去思考，這是咧講下人？是人類？抑是你？欲行佗位去咧……

【連想——活落去，才通創造你的選擇】

細漢的時，庄裡有一位加我五歲的大兄，阮蹛離佇較遠，伊是大好額人的囝，阮家境差太濟，年歲閣有差，本來佮伊是毋捌有來往，極加是我綴爸母去佇兜的時，罕罕會扛著一半擺仔爾爾。後來我讀清水中學初一，伊讀高三，逐工佇迫分車頭坐彼幫 7:07 的火車，伊才開始問我，佮我講話，就加減有一屑屑仔交陪。

　　我是大囝,阿姊早就離開厝裡去做工鬥趁錢,心內煞想欲有一个大兄來倚靠的心理,對伊就真好感。是講,單單是一年坐火車的時做伙爾,伊出業了後就無聯絡矣。

　　紲落來我是為著讀冊、顧三頓、茫茫的將來,拂甲烏天暗地,嘛無佮伊聯絡。當然,阮這款庄跤所在,加減會聽著伊的消息。

　　後來,老爸講我是「青盲雞啄著蟲」,考牢台北一間有名的老學校。冊讀煞、做兵、進入社會食頭路,想講家己加減佮人有小可仔親像以後,就佮這位大兄聯絡著,才閣開始往來。彼陣我就感覺真怪奇,伊二十外外矣,哪會猶未結婚。佇彼个時代,像伊這款的好條件,厝裡的戶橂是會去予媒人踏甲萎(ui)去的。

　　無疑悟,有一工煞聽著伊自殺死去的消息,就佇伊欲佮個阿母主意的對象結婚前無偌久。伊都有交往的對象矣,阿母就是無佮意,佇這个欲「順從阿母」抑是「佮家己意愛的人」的選擇之間,伊應該是走傱掛煩惱真久真久矣。

彼陣聽著伊自殺死去的消息，我掣一趒，哪會按呢！親像是失去啥，誠久誠久猶是袂當理解。

伊佮個阿母全款攏咧面對「選擇」！這就佮〈羅生門〉內的下人相𫝀啊！佇彼个時代，大好額人頭家娘的阿母彼種的權威，予我這位大兄無通選擇。

準是我，會按怎選咧？彼陣是毋捌想過。

人有人一時的困境，才會做出彼款的選擇；有時嘛毋是無通選，是你無去想較遠咧。

若是這馬，我咧想，死都死去矣是真規氣。猶毋過，我認為，活落去，才有機會揀著你想欲愛的，創造你欲愛的「選擇」。

竹林內

Tik-nâ-lāi

藪の中

◎剉柴人予判官[1]審問的筆錄

是啊，看著彼具死體的就是我無毋著。今仔日早起，我照常去後山剉柴，無張持佇山腹的竹林內看著彼具死體。是佇佗位？就是佇往山科[2]的大路，量其約有四、五百米遠的所在。彼是佇竹林內，有摻（tshàm）一寡仔瘦枝瘦枝的杉仔樹，是人罕得到的所在。

死體穿水藍色的水干，戴京都式烏紗帽，坦笑[3]倒佇塗跤，胸坎有刀揳入去的空喙，死體邊竹林的落葉是予血點甲紅記記。毋是，血已經無咧流矣，空喙看起來攏焦去矣。一隻馬蠅[4]敢若是無聽著我的跤步聲，猶共死體扱（khip）咧 khòk-khòk 欶血。

敢有看著武士刀佮啥武器？無，攏無看著。毋過，杉仔的樹頭邊有一條索仔落佇遐。閣來……就……著，著，著，索仔以外猶有一支柴梳，死體邊仔干焦這兩項物件爾。猶毋過，塗跤的草仔佮竹仔的落葉是夆踏甲罄氅氅（jî-tsháng-tsháng），看起來這个查埔人欲死進前，定著是佮人相刣捙拚甲真雄。啥物，有看著馬無？彼个所在馬是行袂入去

的,馬行的路是佇竹林的另外彼爿面。

◎雲遊僧予判官審問的筆錄

　　昨昏我確實是有拄著變做死體的彼个查埔人。昨昏的⋯⋯啊,量約仔是佇中晝的時陣,是佇自關山[5]欲去山科的半中途,彼个查埔人是佮一个騎馬的查某人行做伙,行對關山彼爿去。查某人戴的笠仔有遮布[6]崁起來,生做啥物款我就毋知囉,干焦看著衫的色水敢若是彼个藍底紫色的。馬仔是金黃色的[7]⋯⋯馬毛短短,是講馬有偌懸?料想是五尺四寸,阮這出家人對這款代誌較無了解。查埔人是⋯⋯啊毋是喔,毋但紮武士刀,閣有紮弓箭,較特別的是彼个漆烏色的箭籠,內底有二十幾支箭,到今猶是記甲誠清楚。

　　彼个查埔人呔會去拄著這款代誌,是仙夢都夢袂著啊!人的性命真正是「如露亦如電」。噯,噯,毋知影是欲按怎講才好,有影是可憐代啊!

◎衙役[8] 予判官問話的筆錄

我掠著的彼个查埔人？伊確實是叫做多襄丸 (To-siong-uân)，是一箍誠有名的強盜。予我掠著的時陣，凡勢是摔落馬的，倒佇咧粟田口的石橋頂，艱苦甲哼哼叫。是啥物時刻咧？時刻是昨暗初更[9]，恰往擺我掠著的時全款。伊穿深藍色的水干，紮一支刻花的武士刀，毋過，這擺閣有紮怎看著的弓箭。是按呢 hioh？彼具死體的查埔人紮的……刣人的是多襄丸無毋著。弓的弓身是有捲皮、漆烏色的箭籠……遮的應該就是彼个查埔人紮的。是，馬就是你所講的金黃色，毛短短仔。予彼隻精牲 (tsing-senn) 共摔落塗跤，應該是命中註定。馬就佇石橋閣較過去，縛佇一條長長的馬索，踮路邊咧食青茅仔草。

佇洛中[10] 行踏的強盜內底，這箍多襄丸算蓋豬哥的。舊年秋天，佇鳥部寺 (Tsiáu-pōo-sī) 的賓頭盧 (Pin-thâu-lôo)[11] 的後山，刣死來參拜的婦人人恰查某嫺就是這箍。若是伊刣死彼个查埔人，啊騎彼隻金毛馬的查某人是到底去佗位？是變做按怎矣咧？算是我加講話，請你一定愛共查予清楚。

◎老阿婆予判官審問的筆錄

是啊！彼具死體是阮查某囝所嫁的查埔人，猶毋過，伊毋是京都人，是若狹 (Jiok-hiap) [12] 國府 (Kok-hú) 的武士，號做「金澤武弘」(Kim-tik Bú-hông)，今年二十六歲。彼就毋著矣，伊人親切好性地，毋是彼款會佮人結冤仇的人。

阮查某囝？阮查某囝是號做「真砂」(Tsin-sua)，今年十九歲。這个查某囡仔個性真硬氣，袂輸查埔人。抑是講，伊毋捌佮武弘以外的查埔人交往。面肉是有較烏淡薄仔，倒爿的目睭尾有一粒細細粒仔的烏痣，面形是瓜仔面。

武弘是昨昏佮阮查某囝做陣欲去若狹的，會變甲這款，敢是因果報應咧？猶毋過，阮查某囝到底是按怎矣咧？今囝婿死都死矣，我嘛已經看破矣，干焦是煩惱阮這个查某囝爾爾，這是我這个老婆仔一生的願望。大人啊，怎就好心好行 [13] 咧，準講就愛共草木一枝一枝掰開來揣，嘛請恁一定愛查出阮查某囝的行蹤。牽起怨恨的，就是彼箍叫做多襄丸的，抑是叫做啥物的彼个強盜，啊毋但囝婿，參阮

查某囝嘛──（尾後是一直哭無停，講袂出話。）

◎多襄丸的自白

彼个查埔人是我刣的無毋著，不而過，查某人我是無刣，按呢伊是走去佗位？這我就毋知矣。啊，小等一下，毋管恁是按怎共我刑（hîng），毋知的代誌就是毋知！而且，代誌就到按呢矣，彼款卑鄙的掩掩揜揜我是無必要做的。

我是佇昨昏中晝過無偌久，拄著彼對翁仔某的。當其時有一陣風共彼查某人的遮布吹開，就小可仔看會著伊的面容。小可仔──看著一時仔就看袂著矣。就是因為按呢，對我來講，彼个查某人的面容好親像是女菩薩，就佇彼時，我下決心，準講愛共彼个查埔人刣死，嘛欲共查某人奪到手。

啥物，刣死彼个查埔人若像恁想的按呢，毋是偌費氣的代誌。橫直，欲奪走查某人是一定愛刣死彼个查埔人的。毋過，我刣人是用紮佇褲頭的武

士刀，若恁刮人就免用刀，恁是用權力刮人、用錢
刮人。有當時仔嘛咧假仙假觸，喙講是欲為伊好，
其實是為著家己的利益來刮人，閣有影免流血哩，
閣會激甲袂輸是一个誠有才調的人格者咧——不而
過，這嘛是刮人，以罪惡的深重來論，是恁的罪惡
較重？抑是我的罪惡較重？佗一爿的罪惡較重？我
就毋知矣。(圖洗的峇微 [14] 笑)

　　不而過，免刮死查埔人就會當奪著查某人，嘛
毋是袂滿足。毋著，彼時我的想法，是會當莫共查
埔人刮死就共查某人奪著。猶毋過，佇山科的大路
彼款的所在是較按怎就做袂到，就按呢，我就想辦
法共彼對翁仔某忝入去山內底。

　　這嘛毋是蓋費氣，佮彼對翁仔某行同齊了後，
我就共個講，彼爿的山內有古塚 (thióng)，我捌共
古塚挖開，發覺內底有真濟古鏡、武士刀等等的寶
物。為著無愛予人看著，我早就共寶物藏佇後山的
竹林內，恁若是有想欲愛，會當俗俗仔賣予恁——
彼个查埔人聽著我的話略略仔有意，閣來——你
看，慾望這種物件是毋是足恐怖的？免半个時辰，
兩个翁仔某就綴我來行，共馬牽向山路的彼爿去矣。

　　猶未行到竹林進前，我講寶物就埋佇彼爿面的塗跤底，咱做伙來去看覓咧。查埔人的慾望早就攎甲懸懸矣，呔會有意見。抑是講，查某人講伊無欲落馬，就佇遮等。彼个竹林是發甲茂茂，伊無想欲去嘛是莫怪啦，老實講，這牽龜落湳 15 正正落入我的圈套。就按呢，查某人留佇原位，我佮查埔人做伙行入去竹林內。

　　寢頭仔 16 拄入去全全是竹仔，大約行四、五十米了後就變成欉欉的杉仔林。這个代誌會好勢，遮是無地揣的好所在。我是那共杉仔枝掰開，那講寶物就埋佇杉仔樹下跤，講甲若真的咧。查埔人聽我弄喙花了後，就趕緊行對看甲會迥過的細細箍杉仔林的彼爿去，無偌久，就來到有一半欉竹仔、閣有幾欉杉仔排規排的所在。一下行到遐，我就出手共查埔人搡（tsang）起來。伊嘛是有紮刀的人，不止仔有力頭，煞無張持予我搡牢咧，就變無步矣，隨就共伊縛佇一欉杉仔樹的樹頭。索仔？索仔是強盜要緊的物件，就毋知當時愛盤牆圍仔逃走，隨時會紮佇褲頭。當然是袂當予伊出聲，就共竹葉仔攕入去伊的喙口內底，其他的代誌就毋是蓋費氣囉。

　　我共查埔人處理好勢了後，就閣行轉去查某人等的所在，共查某人講查埔人雄雄無拄好，請你來去共看覓咧。啊毋免加講，這嘛是照我的劇本行的啊。查某人是連笠仔就無戴倒轉去，隨予我的手搝咧搝咧，行入去竹林內。猶毋過，來到位，查某人看著佃翁牢縛佇杉仔樹頭，隨對衫內底抑是佗位，攑一支金鑠鑠的刀仔。到今我猶毋捌看過性地遮爾強的查某人，彼時我若有小可仔失覺察，彼支刀仔就已經搝入去我的腹肚矣。啊毋是，我身軀有閃開，伊是兇兇狂狂搝來搝去，會予伊搝甲大空細裂嘛誠歹講。猶毋過，我是多襄丸啊，到尾仔，我是武士刀抽攏免抽，就共刀仔拍落去塗跤，查某人閣佫硬氣，手裡若是無武器就無半步矣。到這個時陣，我有感覺著會當照我所想的，免刣死查埔人就會當共查某人奪到手。

　　免刣死查埔人……是啊！本底我就無想欲共彼个查埔人刣死。按算無愛閣插彼个覆佇遐哭的查某人，就欲逃離開竹林的彼時，查某人雄雄佮起痟全款，共我的手搝牢咧，而且，閣是連鞭有連鞭無[17]的叫聲，是咧叫講：「共刣死、共刣死，是你死、抑

是阮翁死，一定就愛其中一个人死，我佇恁兩個查埔人面頭前，受這款的蹧躂，是比死閣較艱苦。毋是，不管佗一个，我就佮活落來的彼个人做伙——」查某人是那喘那講。就佇彼時，我隨決心欲共查埔人刣死。（陰沉的興奮）

我講遮的代誌，恁百面[18]會掠做我是比恁閣較酷刑的人。代誌毋是按呢！彼是恁無看過彼个查某人的面容，閣無看著查某人眼神內的激情雄雄煏開的一目𥍉。我佮伊相對相的彼時就下決心，準會去予雷公摃死，嘛欲娶這個查某來做某，做我的某——我的心肝底干焦這個念頭爾爾，這毋是恁所想的彼款下流的色慾。若準彼个時陣，佇這個色慾以外無其他的心願，我一定會共查某人蹔開就逃走去矣，彼个查埔人就免予我的武士刀見血。猶毋過，佇彼个欲暗仔時的竹林內，看著查某人面容的彼一目𥍉，我隨覺悟，若無共查埔人刣死，我是無法度離開這個所在的。

不而過，準欲刣死查埔人，我嘛無想欲用卑鄙的手段，我共查埔人的索仔敨開，對伊講：咱就用武士刀來決鬥！（落佇杉仔樹頭的彼條索仔，就是

佇彼時無共提去擲掉，才落佇遐的。）查埔人面色隨變，就共伊彼支大大支的武士刀抽出來，無講半句話，人氣怫怫，一下手就刜過來——這个拚輸贏的結果，是按怎就毋免閣傷講。我的武士刀刜出去的第二十三回合就揳入去伊的胸坎，佇第二十三回合——請恁一定毋通放袂記得，到今我對這層代誌猶是足欽服，佮我對戰會當超過二十回合的人，天下間干焦這个查埔人爾爾！（清彩的微微仔笑）

查埔人倒落去了後，我共沐血的武士刀收轉去，越頭去看彼个查某人，一下看——今是按怎，查某人吰會無看著人影啊？我咧想講伊會走去佗位？就佇杉仔林內底四界揣，奇怪矣，竹仔的落葉頂懸是一點仔跤跡都無，我閣共耳仔拍予較開咧，斟酌聽看有啥物聲無？聽著的干焦彼个查埔人對嚨喉空發出來的、欲死進前的哼哼叫爾爾。

看起來，應該是查某人看阮攑刀咧相刜，就緊掰開杉仔林傱出去揣人來相救。我一下想閣來是我的性命問題，趕緊共查埔人的武士刀參弓箭捎咧，走轉去原來的彼條山路，查某人的彼隻馬，猶恬恬佇遐咧食草。以後的代誌若閣講是加了喙瀾的，彼

號，我是到京都進前就共刀脫手矣。

　　──自白就講到遮，我知影我一定是會去夆斬頭示眾 [19]，請恁就愛共我判重刑。（真有志氣的態度）

◎來到清水寺的查某人之懺悔

　　──彼个穿深藍色水干的查埔人，共我侵犯了後，就那金金看縛佇樹頭的阮翁，那大聲共恥笑，阮翁是誠懊惱的款。猶毋過，身軀咇咇掣咧振動，只會共縛佇身軀的索仔愈束愈絚。啥物都無想，想欲那翻那輾佮阮翁掠相倚，毋是，是想欲走去阮翁遐。不而過，彼个查埔人隨就共我踢倒，仝一个時陣，我智覺著佇阮翁的目睭底，有一種講袂出來的金鑠鑠的物件，一種講袂出來的──我見若想著伊彼个眼神，到今猶會交懍恂（ka-lún-sún）。阮翁是連一句話都講袂出來，伊眼神的彼一目䁑，就共伊一切的心意攏傳予我矣。是講，彼眼神毋是受氣嘛毋是悲傷，只是咧藐視我，可比一條冷爍爍的光

線，敢毋是？比起予彼个查埔人踢倒，顛倒是去予
阮翁的彼个眼神捽一下，才予我吼吼出來，閣再死
死昏昏去矣。

等到我精神過來，穿深藍色水干的查埔人就毋
知走去佗位矣，只賰阮翁夆縛佇杉仔樹頭。我是佇
竹仔的落葉頂懸，勉強共身軀夯起來，掠阮翁的面
金金相。猶毋過，阮翁的眼神佮拄才是一屑仔就無
變，伊冷霜霜的恥笑內底閣帶有怨感。我的心情是
見笑、傷心、受氣……彼時，我真正是毋知欲講啥
才好。我蹁咧蹁咧[20]跙起來，行去阮翁遐相倚。

「夫君，代誌就已經按呢矣，我是無法度閣和
你做伙矣，我只賰死的覺悟。不而過……不而過，
請你嘛著死！你都看過我去予人蹧躂矣，我就袂當
閣予你留踮這個世間！」

我是氣力瞪盡磅對伊講遮的話，阮翁干焦是用
怨感的眼神一直掠我睍(gîn)。我那共傷心甲強欲
煏開的胸坎揞予牢，那揣阮翁的彼支武士刀，猶毋
過，看起來是去予強盜捎去矣。毋但武士刀，連弓
箭嘛是佇竹林內揣攏揣無。好佳哉有一支刀仔落佇

我的跤邊，我共彼支刀仔擤起來小捽一下，閣一擺對阮翁講：

「請你共性命予我，我會隨綴你去。」

聽著遮的話，阮翁的喉胿才振動，彼時，竹葉窒甲伊規喙，話是一句都聽無。猶毋過，我是隨看就隨悟著，阮翁猶是咧共我恥笑，干焦講彼句「共我刣死」爾爾。我人戀神戀神，共刀仔揳入去伊彼个穿水藍色水干的胸坎。

我就閣死死昏昏去矣，等到醒轉來有法度向四周圍看的時，原底縛佇樹頭的阮翁就斷氣矣！只有一條西照的日頭光，對竹仔和杉仔濫濫摻摻的樹尾溜射過來，照著伊彼个白死殺的面。我那共哭聲吞忍牢咧，將死體的索仔敨開、擲掉，然後……然後，我是會按怎咧？我實在是無氣力閣講落去矣。總講一句，我是連死的氣力都無矣。我共刀仔插入去我家己的嚨喉，跳入去山邊的池仔內底，試過各種的辦法，仙試就是死袂去，這馬才會閣佇遮。講這代誌嘛毋是欲來展寶，（稀微的微笑）像我這款低路的人，恐驚連大慈大悲的觀世音菩薩毋著會共

我放揀。毋過啊毋過，刣死翁的我，予強盜侵犯的我，到底是欲按怎才好啦？到底我是——我是——
（雄雄激烈的哼哼哮〔hinn-hinn-háu〕）

◎亡靈透過「通靈的」的喙所做的筆錄

　　——強盜共阮某侵犯了後，就坐落來共阮某安慰，我當然是無法度閣講話，身軀是予人縛佇杉仔樹的樹頭。就佇彼時，我有幾若擺對阮某使目尾：彼个查埔人講的話是毋通共當真，見講見騙人——我就是欲傳達這款的意思。不而過，阮某是恬恬坐佇竹仔的落葉頂懸，目睭一直釘佇伊的跤頭趺，看起來敢若是共強盜的話聽入去矣？我怨妒甲規身軀咇咇掣，無伊法，強盜繼續咧弄喙花共伊煽動：「身軀攏挲蹧躂矣，佮恁翁是無法度閣做伙矣，佮彼範的翁做伙，較輸來做我的某？我是因為真心愛你，才會做出這款傷天害理的代誌……」強盜是愈來愈大膽，參這款話都講會出來。

　　聽著強盜按呢講，阮某人痟神痟神，頭攑起

來，從到今我毋捌看過伊遮嬌過。毋而過，遮爾嬌
的某，佇夆縛牢的翁婿面頭前會按怎回答強盜咧？
我佇投胎轉世的路途頂、茫茫揣無路的時陣，見若
去想著阮某的回答，風火頭夯起來著甲誠猛，阮某
確實是按呢講：「按呢啦，毋管去佗位，請你就恁
我去。」（久久仔無講話）

阮某的罪惡毋但按呢，若無，我佇這个烏暗的
陰間嘛袂遮爾艱苦。伊若像咧做眠夢，予強盜的手
牽咧，欲行往竹林外口的彼時陣，面雄雄變色，手
指對縛佇杉仔樹頭的我：「愛共彼个人刣死！彼个
人若是猶活咧，我就袂當佮你做伙。」阮某是若起
痟的，連紲喝幾仔遍：「共彼个人刣死！」——這句
話可比大風雨，到今猶是強強欲共我吹甲倒頭栽，
摔落去遙遠暗毿（àm-sàm）的陰間。這款遮爾予人
怨感的話，敢有人講會出喙？這款咒讖的話，敢捌
有人聽過？干焦是一擺就……（雄雄親像霧出來的
恥笑）聽著遮的話，是連強盜的面就會變色。「共彼
个人刣死」——阮某是喙那喝、那共強盜的手揀牢
牢。強盜只是掠阮某金金看，攏無表示是欲刣抑是
毋刣。就佇想欲抑是無想欲的彼个時陣，阮某夆一

跤共踢倒佇竹仔的落葉頂懸。(閣一擺親像是霧出來的恥笑)強盜恬恬共兩肢手相尋(siâm)，目睭看對我遮來：「彼个查某，你想欲按怎處理？欲刣？抑是欲放伊煞？欲應，用頕頭的就好。欲刣？」我干焦聽著強盜講遮的話，就按算欲原諒伊的罪孽矣。(閣一擺久久仔無講話)

阮某就佇我咧躊躇的時陣，雄雄叫一聲，從入去竹林內底。強盜隨出手欲共捎，毋過，敢若是連手裾都無摸著。我干焦佇邊仔看，這个景色袂輸幻影。

強盜佇阮某逃走了後，隨共我的武士刀佮弓箭捎去，閣共我身軀的索仔切斷。「紲落去是我的性命問題」──我會記得有聽著強盜走出竹林外、看袂著的時、講的這句話。紲落來，一四界是恬寂寂，毋是，猶有聽著人咧哭的聲。我那共索仔敨開，那共耳仔拍予較開咧斟酌聽，彼个聲聽起來就是我家己的哭聲啊。(第三擺久久仔無講話)

我對杉仔樹頭硬共虛 leh-leh 的身軀舂起來，面頭前抮好有一支阮某落佇遐金鑠鑠的刀仔。我共刀仔扶起來，一刀就揳入去家己的胸坎，隨就有

一陣帶臭腥味的血角對我的喉溢出來。猶毋過，一屑仔就袂痛苦，只是胸坎愈來愈冷，四周圍是愈來愈恬靜。啊，哪會遮爾仔恬靜咧，山後的竹林是連一隻鳥仔的叫聲都無。佇杉仔和竹仔的尾溜，只有孤單的日頭光影佇咧搖來搖去，日頭光影，嘛沓沓仔愈來愈薄，杉仔和竹仔就已經看無矣，我就倒佇遐，予深深的恬靜包牢咧。

就佇彼時，有人跕跤躡步行對我遮來，我是有想欲共看覓咧，猶毋過，毋知當時，我的四周圍已經予薄薄的烏暗罩牢咧。是啥人？──看袂出是啥人的手，共我胸坎的刀仔輕輕仔抽出去，同時就閣有一港血對喉霧出來，我就永永遠遠墜落去烏暗的陰間矣。

1　原文為「檢非違使」（けびいし）：平安時代京都，掌有警察權、裁判權的機構，本文稱「判官府」。判官府的官員，本文稱「判官」。

2　原文為「山科」（やましな）：讀作 San-kho，位於京都市東部。有天智天皇山科御陵、山科別院、坂上田村麻呂墓。

3　坦笑（thán-tshiò）：面朝上。

4　馬蠅：腸胃蠅，學名 *Gasterophilus intestinalis*，也稱馬蠅（英文為 horse bot fly），主要寄生在馬、騾、驢身上。

5　原文為「関山」（せきやま）：讀作 Kuan-san，即逢坂山，在此設有一關所。逢坂關是東部進入京都的關卡。

6　原文為「牟子」（むし）：女性外出戴的笠帽，有一遮面的毛製薄紗布。本文稱遮布（jia-pòo）。

7　原文為「月毛」（つきげ）：金黃色。

8　原文為「放免」（ほうめん）：判官府的下屬，負責追捕犯罪者，本文稱「衙役」。

9　初更：晚上八點左右。

10　洛中：京都市內。

11　原文為「鳥部寺」（とりべでら），即京都市東山區鳥邊野的法皇寺。賓頭盧（びんずる）為十六羅漢的第一尊。

12　原文為「若狹」（わかさ）：日本舊國名，位於今福井縣西部。

13　好心好行（hó-sim-hó-hīng）：行行好。

14 峇微（bâ-bui）：稍微，似有若無。

15 牽龜落湳（khan-ku-lȯh-làm）：引誘烏龜陷入泥沼之中，比喻用騙術引誘人落入圈套，以謀取利益；或是帶壞人家。

16 寢頭仔（tshím-thâu-á）：起初、起先。剛開始的時候。

17 連鞭（liâm-mi）有連鞭無：時有時無。

18 百面（pah-bīn）：必定、一定。

19 原文為「樗の梢」（おうちのこずえ）：平安時代，京都的監獄門口植有樗樹（楝檀，香木之一），通常斬首的首級都吊在這樹上示眾。

20 蹁咧蹁咧（phiân--leh phiân--leh）：搖搖晃晃。

【譯者導讀】

　　日本大大有名的導演黑澤明，伊一九五〇年的電影《羅生門》(Rashōmon)，就是這篇〈竹林內〉的內容。這齣電影得著第十二屆威尼斯影展金獅獎，閣有濟濟世界性的電影大獎，是日本電影史的路站碑 (lōo-tsām-pi, milestone)。

　　就按呢，若是拄著代誌紛紛擾擾、舞袂清楚的時陣，就講「走入去 Rashōmon」矣，就共號做「羅生門效應」(Rashomon effect)。

　　〈竹林內〉原題〈藪の中〉(やぶのなか)，是芥川龍之介佇大正十一年 (一九二二) 發表的短篇小說，芥川的作品內底是上濟疑問、謎和話題的作品。

　　故事咧講一位叫做金澤武弘的武士牟刣死，七个人講七款無全角度的話，小說就按呢來敆做一篇，佇彼个時代是誠前衛的寫法。照小說的憑頭，七个人講的話大概是按呢：

前四个人是「目擊者」，予判官審問的筆錄（證言）：

· 剖柴人：佇竹林內發見查埔人的死體，四周圍塗跤的草佮竹仔的落葉是予人踏甲挈氄氄，料算欲死進前有激烈的相殺捙拚。

· 過路的雲遊僧：旅行的路途中佮彼對翁仔某閃身，查埔人有紮武士刀佮弓箭。

· 判官府的衙役：是我掠著多襄丸的，這个查埔人有紮武士刀佮弓箭。

· 老阿婆（死者的丈姆）：囝婿是一位親切、好性地的查埔人，今牽刣死矣都看破矣，干焦煩惱查某囝的生死。

閣來後壁的是「當事者」，死者是咧講家己刣死家己的。另外兩个人——多襄丸佮死者的牽手，攏講人是伊親手刣的。講話的內容大概是按呢：

· 多襄丸：查某人共伊講「不管佗一个，我就佮
活落來的彼个人做伙」，伊就佮查埔人用武士
刀相刣，到尾仔武士刀捙入去查埔人的胸坎。
查某人是佇相刣的時陣偷偷旋去的。

· 死者武弘的牽手：予穿深藍色水干的賊人侵犯。
賊人走了後，翁婿叫我就共刣死，就用刀仔插
入去翁婿的胸坎。刣死翁婿的是我。

· 死者武弘：是阮牽手叫彼个賊人共我刣死，伊
是趁賊人欲行倚我遮來的時陣偷走的。我是用
落佇我身邊的刀仔捙入去家己胸坎的。

開破〈竹林內〉，毋是欲揣啥人是兇手，這篇
毋但是推理小說，較成純文學創作，咱會當對作者
芥川龍之介的訴求來思考。

作者欲訴求的，是真相的曖昧性，七个人各個
的自私、欺瞞，旁觀者的英雄主義，對各面相的描
寫共斟酌、吟味，來悟出作者的訴求。

咱會當共這篇小說當做一面鏡，掠當今的社會共照看覓，就會現出這社會百百款的誠實模樣。

【連想——袂去袂記得的會記得】

這是對一位好友遐聽著的代誌，伊共我講過遐爾久猶是袂去袂記得，已經幾若十年矣，記持加減有重耽嘛無的確，就共寫落來通留一个紀錄：

*　　*　　*

彼是中部的一間公立高中，三年四班當咧安排三月底欲去北部畢業旅行。誠扭好，旅行的前一禮拜愛剃頭，彼時這間學校規定查埔學生著剃光頭，三禮拜剃一擺，到拜一予學校的教官檢查，無剃的就愛夆處罰。就毋知是啥人提議：「閣一禮拜就欲畢業旅行，頭殼光光傷歹看，這擺咱逐家就攏莫剃。」逐家攏知影，平平佇中部，別的學校是

留短短的平頭，干焦個是剃光頭，台北的學校閣較免講，攏嘛是留平頭。若是莫共剃、頭毛小可仔長長，較袂予遐的台北人一下手就認出是庄跤來的。就按呢，逐家攏同意就決矣。

閣來的彼个拜一到學校，夆料想袂到的，全班攏總無人剃頭，別班的都照規矩剃甲光光。早會一下煞，彼个情形毋知欲按怎來形容？全校的師長、同學的目睭全看對個這班來，料算是咧想講：「恁實在是誠好膽，共虎捻喙鬚！今知死矣honnh！就愛食苦湯矣喔！」彼內底凡勢嘛有人暗暗仔咧共個呵咾、共贊聲。

轉來到教室才真正是代誌大條，袂直啊！導師、教官隨從到位，來欲問來由。班長代表來說明理由：「是逐家做的決定，毋是某一人決定的。」問是問甲欲有一支柄，問甲一百輾迵就是問無一个結果。到尾仔無法度，先叫個就按呢去畢業旅行，轉來隨愛去剃光頭，這層代誌等候畢業旅行煞才來處理。

佇一九六○年代，離白色恐怖的五○年代才無

偌久，對讀冊人是足提防的，「項項控制，事事規定，袂當有一屑仔失覺察」，控制是有夠嚴。彼時陣高中學生愛有「店保」的保證人，有的家長猶會共囡仔交代「你做啥代誌攏會使得，就是莫共恁爸插政治」。查埔、查某學生的服裝、儀容攏有規定：卡其色制服，戴大盤帽。這間學校規定查埔學生剃光頭以外，皮鞋、襪仔愛穿烏色的，鞋帶著穿（tshīng）到滿、愛穿到最後一空。捌有同學的鞋帶干焦一空無穿，予教官檢查著罰伊禮拜日返校服務──掃塗跤。彼陣當咧時行喇叭褲，真濟同學就共卡其色學生褲改做彼款形，袂當穿去學校就免加講。是講，有一位學生故意請假歇睏，特別共伊彼領改做喇叭褲的卡其色學生褲穿來學校，閣刁工去共教官展。

總講一句，彼是「一切攏控制，一切攏有規定，一切攏愛遵守，一切攏愛聽伊的，一項就袂使得重耽」的時代。

佇彼種時代，全班和齊來違反規定，欲造反是無？代誌當然就隨報予校長知。畢業旅行轉來，調查這層代誌就親像「風雨交插」，會有啥物鵤頭？現此時的人是誠簡單就臆會出來。教官、導師、

訓導主任是一擺閣一擺，對全班、對每一个同學、對班的幹部、對有點油做記號的人物，攏叫來個別談。是嚇（hánn），是勸說，是利誘，就親像咧供口供咧，物仔霸仔（mih-á-pà-á）一大捾應有盡有。猶毋過，仙想就想袂到全班幾若十个學生講的攏總一致：「無人提議，毋是某一个人決定的，是全班講好的。」

終其尾查無一个結果，學校無做任何處分，講下不為例絕對袂當閣犯。

校方對全校學生是再三提這件代誌做例，講是校長佮師長的寬宏大量無追究，逐家就愛引為戒。

誠久誠久以後我才知影，落尾校長就叫班長去，講一定愛有人受罰才有通交代，要求班長代表受罰，記一支大過。班長想著是有夠衰，做班長是咧服務同學，哪會閣愛代替逐家受罪？想講無偌久就欲畢業，這層受罪就當做班長最後一擺的服務，到尾仔就來接受處罰。

*　　*　　*

聽完這代誌了後，我人墜落去深深的思路內底：

會做這款行為，是因為少年人毋知白色恐怖的橫逆？抑是少年人青盲毋驚銃？是少年人有志氣？全班幾若十个學生，一定是有人做決定，一定是有人先提議，一定是有人出力鼓舞，遮的人就是學校佮教官想欲搝出來的。

就彼時代的肅殺來講，幾若十个學生攏無暴（pȯk）出來，到尾仔無代誌，這毋是世紀奇蹟，無是啥物？

柑仔

Kam-á

蜜柑

一个寒天罩烏陰的欲暗仔時，我坐佇橫須賀（Huâinn-su-hō）發車、欲去東京的二等車廂的邊仔角，戀神戀神咧等火車起行的水螺[1]聲。掛電火的客車，是誠罕得獨獨我一个人客，看對外口略仔暗的月台頂，欲像今仔日按呢無半个送客的人影，是真罕得看，干焦賰狗籠仔內彼隻細隻狗仔，有當時仔就傷心哀一下。遮的景色，看起來佮我彼時陣的心情，想袂到是不止仔相襇，我的頭殼內，煞有一種講袂出來的疲勞佮厭癢，袂輸去予雪就欲落的烏陰天罩牢咧全款，就是無一點仔心情想欲共袋仔內的暗報提出來看，干焦共兩肢手伸入去外套的袋仔底爾爾。

無偌久，起行的水螺聲霆矣，我那感覺著心肝頭有略略仔起清彩[2]，那共頭殼靠（khò）佇後壁的窗仔框，愣愣咧等頭前的停車場沓沓仔倒退。彼號，煞先聽著鉸票口傳來噪（tshò）人耳的柴屐[3]仔聲，無偌久，就聽著車掌毋知咧罵啥貨的聲。就佇彼時，我坐的二等車廂的門就拍開，一个十三、四歲的查某囡仔兒兒狂狂從入來，火車顫（tsùn）一个，就匀匀仔開起行。一枝一枝佇月台頂釘佇我目

瞷咧徙振動的柱仔，敢若是予人放袂記得的搝水車（hiù-tsuí-tshia），閣來，就是毋知咧向車內某乜人行禮的紅帽仔[4]——遮攔全佇窗仔外鑽入來的塗炭煙內底，依依不捨，向後倒退。我是誠無簡單才勻勻仔放落心，薰點予著，頭擺共瘮瘮的目瞷擘開，共坐佇對面的查某囡仔的面瞭（lió）一下。

若焦草的頭鬃是無一點仔油分，規个捋對後壁縛一个銀杏頭髻[5]，喙頓面有橫跡，是流鼻用手搵[6]過的，閣予霜凍甲紅絳絳，予人看著真袂爽快。伊是庄跤來的查某囡仔，而且草仔色全全油垢（iû-káu）的毛頜巾是垂到跤頭趺，跤頭趺頂懸有一个大包袱仔[7]。閣來，共大包袱仔揤甲絚絚（ân-ân）的彼雙凍傷的手，共一張三等車廂的紅色車票捏予牢牢牢，敢若是驚去予拍見去。我無偌佮意彼查某囡仔伊倯倯（sông-sông）的面容，閣對這个查某囡仔無蓋清氣的穿插猶是感覺無爽快。最後，戀甲參二等佮三等車廂攏分袂清，是使人受氣。我共薰點著，就是有一種想欲共這个查某囡仔放袂記得的心理，就共袋仔內的暗報提出來，囥佇跤頭趺頂拍開罔看。彼个時陣，踮暗報紙面彼外口來的光線雄雄變

做電火光，本成有幾逝字是印甲看袂蓋清楚，這馬是清清楚楚走入來我的目睭。逐家攏知影，這逝橫須賀線的火車有真濟磅空，火車是拄欲軁入去頭一个磅空囉。

煞毋知，讀電火光來照的暗報，並無法度安慰我的鬱卒，這世間全全這款的平凡事：講和的問題、新娘新郎、貪汙事件、訃音——我佇火車軁入去磅空的彼一目瞬，有火車倒頭行的錯覺，就那共遮有的無的新聞記事，用目睭一條一條共影過爾爾，會用講是佮機械仝款。猶毋過，彼个時陣的我，就是無法度共「彼个查某囡仔敢若是共卑俗的現實化身做人，坐佇我面前」的彼種意識放袂記得——磅空內的火車、這个庄跤查某囡仔、佮全全平凡記事的暗報，遮的若毋是象徵 (siōng-ting)，抑到底是啥物？若毋是不可解的、下等的、無聊人生的象徵，抑無是啥物？我感覺一切攏是無意義的，就共當咧看的暗報擲掉，再次共頭殼向後靠佇窗仔框，共死去彼款的目睭瞌落來，霧霧半睏半精神。

幾分鐘後，雄雄感覺有一種欲去予啥物威脅著的心情，我隨目睭擘金看對四箍圍仔去：毋知底當

時，彼个查某囡仔已經自對面徙過來坐踮我隔壁，閣一直想欲共窗仔拍開。是講，玻璃窗仔重橫橫，是無遐簡單就拍會開，伊規面凍傷的喙顆是愈來愈紅，定定有彼鼻水欶倒轉去 tshngh--leh tshngh--leh 的聲 8，閣有幼幼的喘氣聲一直傳來我耳空。遮的 lí-lí-khok-khok 當然是會引起我幾分的同情，猶毋過，佇這个欲暗仔時，雙爿齊（tsiâu）焦草、光焱焱的山腹，khȯk-khȯk 逼倚到窗仔來，是啥物人看著就隨知影火車就欲軁入去磅空矣。不而過，這个查某囡仔攏毋管，就是硬欲共窗仔拍開——到底是啥物理由我真正是無法度理解，毋是，我干焦認為這个查某囡仔是咧使性地 9。就按呢，心肝底就有一種可怕的感情浮起來，看伊彼雙凍傷的手想欲共窗仔拍開的滾絞 10，煞用一種孤媚（koo-sng）的眼神咧共看，祈求就永遠莫成功。無偌久，一聲足大的聲音衝起來，火車駛入去磅空！查某囡仔想欲拍開的玻璃窗仔就開矣。就按呢，透濫塗炭煙的烏空氣全對這塊四角窗仔衝入來，隨變做誠儑喘氣的烏煙，湠甲規車廂是塗蓬蓬 11。我的嚨喉本成就無好，這馬是連欲提巾仔來掩攏袂赴矣，予烏煙熗甲規面，予我強欲袂喘氣得，咯咯嗽、嗽袂停。

怪奇的是，查某囡仔是插攏無欲插我，共頭伸出去窗仔外口，據在烏暗中的風共伊銀杏頭髻的鬃毛颺(tshiûnn)甲颺颺飛，目睭是一直看對火車前進的方向。我踮烏煙參電火光下跤看伊的形姿，窗仔外口是愈來愈光焱，若毋是塗味、焦草味、水氣的味對窗仔外冷冷仔吹入來，咳嗽才小可仔有較退的我，一定會共這箍無熟似的查某囡仔罵甲臭頭，嘛一定會叫伊共窗仔關倒轉去。

佇彼个時陣，火車已經穩穩仔對磅空駛出來，拄好欲通過散赤庄頭外圍、兩爿予全全焦草的山腹挾牢的平交道。平交道附近的厝，攏是舊舊漚漚的草厝頂佮瓦厝頂，起甲狹狹閣硤(kheh)相倚，一位顧平交道的工人踮這个恬靜的暮色中咧擛一支白旗仔。就佇火車拄駛出磅空彼時，稀微平交道的閘欄邊仔，三个喙頓紅牙紅牙的查埔囡仔排做一列徛佇遐，敢若是去予這个烏陰天揜牢咧，個攏生做矮矮，身穿佮這个庄頭外圍的稀微景色仝色的衫仔褲。三个查埔囡仔佇火車駛過的彼時，同齊共手攑懸懸，手是一直擛！一直擛！擛無停……仝彼時嘛用個幼苭的嚨喉，使盡食奶仔力，大大喝出毋知咧

喝啥物的聲。佇彼霎（tiap）仔時，身軀規个半身伸出去窗仔外的查某囡仔，共彼肢凍傷的手大大力撫來撫去，隨就予人看著金黃色的柑仔唰嚓嚓跳（tshiák-tshiák-thiàu），袂輸予日頭光染著，色水燒烙，五、六粒仔就對半空中輾落來，一粒仔一粒拄拄仔好輾佇來送別的彼三个查埔囡仔的頭殼頂。我驚一下強欲袂喘氣，就佇這霎仔時，我是全然攏了解：這个查某囡仔應該是欲去主人兜做查某嫺仔[12]，才共藏佇衫仔內的柑仔擲予專程來平交道相送的三个小弟。

暮色包密密的庄頭外圍的平交道，若鳥仔大聲喝的彼三个查埔囡仔，閣有散掖掖[13]落佇三个查埔囡仔頭殼頂彼柑仔的鮮沢（tshinn-tshioh）色水——攏佇火車的窗仔外 sùt 一下就過去矣。這个光景我是記甲明明，也已經深深刻佇我的心肝底。就按呢，我有一種講袂出來的清彩心情湧起來。我足聳勢（sáng-sè）共頭攑起來，若看著無全人彼款，掠彼个查某囡仔金金看。查某囡仔毋知底當時就坐倒轉去我的對面，全款是那共規面凍傷的喙顊藏佇彼條草仔色毛領巾底，那共大包袱仔揹絚絚的彼雙手，全

彼時共彼張三等車廂的車票捏甲牢牢牢。我到甲這
个時陣，才有法度共講袂出來的疲勞佮厭癢、不可
解的、下等的、無聊人生，小可仔共放袂記得矣！

◇◇◇◇◇◇◇◇◇◇◇◇◇

1　水螺（tsuí-lê）：汽笛。
2　清彩（tshing-tshái）：形容人神清氣爽，舒暢愉快。
3　原文為「日和下駄」（ひよりげた）：一種日本木屐，較
　　低，適合晴天穿著。本文稱「柴屐」。
4　原文為「赤帽」（あかぼう）：本文稱「紅帽仔」，行李搬
　　運員。
5　原文為「銀杏返えし」（いちょうがえし）：日本少女所結
　　的一種髮型，本文稱銀杏頭髻（gîn-hīng-thâu-kuè）。
6　抆（huê）：來回輕輕磨。
7　原文為「風呂敷包み」：以前日本人用大布巾來包物品，
　　用於攜帶，本文稱「大包袱仔」。
8　鼻仔 tshngh--leh tshngh--leh 的聲：鼻涕流出來又吸
　　回去的聲音。
9　使性地（sái-sìng-tē）：使性子，耍脾氣。

10 滾絞（kún-ká）：翻騰、掙扎、滾動、扭絞。

11 块蓬蓬（ing-phōng-phōng）：整個車廂煙霧瀰漫。

12 原文是「奉公先」（ほうこうさき），意指主人家。小孩
  子住到主人家做事，如當僕人、看顧小孩、洗衣、打雜等
  等工作。

13 散抴抴（suànn-iā-iā）：散落。

【譯者導讀】

　　〈蜜柑〉（みかん）是芥川龍之介創作中期（二十七歲）所寫的短篇小說，大正八年（一九一九）發表的名作之一，也牽選入做日本的高中教材，本台語譯本共號做〈柑仔〉（Kam-á）。

　　這篇小說的概要是按呢：心情鬱卒的主角坐佇橫須賀線開往東京的二等車廂頂，規台車干焦伊一个人客。煞看著一个十三、四歲庄跤來的戇查某囡仔，揹一个大包袱仔，捏一張三等車票傱入來坐二等車廂，予伊足袂爽快的。

　　火車起行駛入磅空，查某囡仔直直欲共窗仔門拍開，主角是氣甲想講彼窗仔上好都拍袂開。烏漉漉的空氣規港規港衝入來車廂，予伊氣喘袂過閣嗽袂停。就佇主角風火著甲強欲盡磅彼時，火車自磅空駛出來，窗仔外一下手變甲光焱焱。

　　主角的風火就小可仔消落去，看著火車經過某一个庄跤的平交道，邊仔有三个囡仔徛佇遐咧撨

手，查某囡仔竟然共柑仔對窗仔擲出去，金黃色果子五、六拄好落佇三个查埔囡仔的頭殼頂，予個歡喜甲喝出鳥仔彼款的聲。主角佇這霎仔就一切攏了解矣，有一種講袂出來的清彩心情 tsuánn 湧起來。

欣賞這篇小說會當對主角鬱卒的心情佮伊佇火車內的情境，對主角的疲勞佮厭癉，和庄跤查某囡仔、磅空內暗趒趒、平凡記事的暗報來比並，閣演變到火車駛出磅空，窗仔外口光焱焱，金黃色柑仔五、六粒落佇查埔囡仔的頭殼頂懸，這等等環境佮心理的變化來開拆。

讀者通共家己當做主角，袂輸人坐佇車廂內來體驗演變：你敢會共這款過程的心思變化，斟酌甲遐爾幼、遐爾有心情（sim-tsiânn）？

【連想──工場做女工】

一九五〇年代，阮庄裡的查某囡仔若小學出

業，就會去烏日紗廠做女工，像加我四歲的阿姊，一出業就佮全屆的四、五个查某囡仔做伙去紗廠食頭路。阮庄裡有真濟是田作無濟的散赤作穡人，囡仔若生濟的，下面攏有幾个小弟生活歹過，做阿姊的就去做工，毋但厝裡會當減頭喙（kiám thâu-tshuì），月給閣通共厝裡鬥相添。比起爸母作田，一年才兩冬的稻粟收入，較骨力的就去做小工趁寡仔無固定的工錢，蹛工場每月日固定的月給對厝裡是足大的幫贊。這佮一百年前芥川寫的彼位〈柑仔〉的主角——查某囡仔去做查某嫺仔相𫝛。

就按呢，當時有真濟爸母佇查某囝小學一出業，就共送去做女工，這款的紡織廠大量招小學出業的女工，會記得按呢的情形繼續欲規十年。庄裡佮我仝年的五個查某囡仔，小學出業就無閣繼續讀初中，全去紗廠做女工。

紡紗廠是輪三班制，攏蹛佇公司宿舍。對遮的少年查某囡仔來講，有食有蹛，閣有輪休，一個月會當轉去厝過暝兩擺。工課較艱苦嘛攏是佇室內，比起踮厝裡鬥作田愛曝日透風落雨，是好足濟咧。

　　毋過，用這馬的法律來看，十三、四歲算囡仔
工，是袂使得輪班做暝工的。查某囡仔十捅歲就
離開爸母，這个思春期、成長期，毋知有人共個教
無？共個照顧無？佇烏日嘛有一間陸軍五級廠，遐
有真濟少年的軍士官，阮嘛捌聽過袂少男女情事。

　　十三、四歲的查某囡仔入去職場，行入五花十
色的社會，毋就是俗語講的「入虎口，無死也烏漚」
(Jip hóo kháu, bô sí iā oo-áu)？！嘛捌聽著濟濟這
款的故事：幸福美滿是無濟，悽慘的結局是較濟。

　　佇彼个艱苦的年代，生活的壓力真大，若是田
園作少、囡仔生濟的，爸母是拚甲吐腸頭，逐工是
虛 leh-leh。做爸母喙齒根咬咧、目屎吞腹內共大查
某囝送去做女工，按呢做阿姊去趁錢鬥晟養小弟，
真正就是拄著矣，無法度的代誌。

　　是講，我捌看過干焦生一个孤查某囝的，抑是
囡仔濟罔濟、家庭的生活猶會得過，嘛是綴人共查
某囝送去做女工。這種爸母就無彼款智慧顧慮著查
某囝的將來，干焦為著家己欲輕鬆好過日，實在是
講袂得過。

艱苦的時代，生活壓力大，觀念「重男輕女」，閣有「查某囝嫁出去就是別人的，哪著晟？」的舊漚舊臭觀念，加上智識不足，你講遮的爸母到底是欲按怎才好咧？

台車

Tâi-tshia

トロッコ

　　小田原（Sió-tiân-guân）到熱海（Jiàt-hái）[1]的輕便鐵路建設工程，是佇良平（Liông-pîng）八歲的時陣開始的。彼陣，良平逐工攏會走去庄外的建設工地看看咧，工事就干焦用台車[2]來車塗爾爾——伊是感覺誠趣味才走去看的。

　　台車車斗的塗貯滇了後，兩个塗工[3]就徛佇車斗的後壁——台車對山頂落來是落崎，毋免人揀就會行，車台是那行那振動，塗工工作服[4]的衫仔裾尾予風吹甲颻颻飛，佇幼幼細細的鐵枝路頂懸敧咧敧咧[5]。看著這款的光景，良平捌想講大漢來做塗工，若無，嘛愛和塗工做伙坐一擺台車。台車行到庄外的平地是自然就停落來，塗工是真扭掠跳落來，隨佇鐵枝路的盡尾共塗倒出來，紲來，才閣共台車揀轉去原來的山頂。良平想講準無通坐，若會當揀一擺，毋知影有偌好咧。

　　有一改的欲暗仔——彼是二月的初旬，良平佮差兩歲的小弟，閣有和小弟同年、蹛隔壁的囡仔，來到庄外停台車的彼搭。台車是卡甲全全塗，排規排停佇咨微仔光的停車場，猶毋過，一四界共看就是無看著半个塗工。三个囡仔跤蹺手想欲共停

車場較內角的彼隻台車揀予行，台車予三个囡仔同齊揀一下，輪仔雄雄 khòng-lòng khòng-lòng 來振動，良平去予彼个聲驚一趒。是講，車輪聲來第二擺，個就袂驚矣。Khok、khok 的聲——三个囡仔那揀，台車振動的聲就那響，就沓沓仔跙上鐵枝路矣。

無偌久，台車行量約仔二十米[6]，鐵枝路就變較崎，三个囡仔較按怎揀就是揀袂行。若準無扶好，恐驚人佮台車攏會倒退攄（tò-thè-lu）。良平想講按呢就會使得，對兩个細漢的拍一个信號：「好矣，跙起去！」

個就放手跳去台車頂，頭起先台車是聊聊仔行，閣來就愈行愈緊，一下手就綴落崎的鐵枝路趨落去矣。彼个時陣，規路自頭到尾的風景就雄雄分做兩爿，直直衝對個的目睭來；欲暗仔的風圖搧伊的喙顤，跤底嘛感覺著台車若咧跳振動，良平是暢甲無地講。

不而過，兩、三分鐘了後，台車到原本的終點就停落來矣。

「喂，閣來揀一擺！」

良平佮兩个細漢的想欲閣做伙共台車揀予行，無疑悟，車輪仔都猶未振動，無張無持就聽著後壁面有跤步聲傳來。毋但按呢，才拄聽著跤步聲，彼氣怫怫的罵人聲隨就來矣：

「恁遮的猴死囡仔！是啥物人允準恁會當來摸台車的？」

一个生做脹脹、穿舊漚工作服、戴無著時麥稿帽仔[7]的塗工，就徛佇遐。目睭相著彼人的時，良平佮兩个細漢的是早就旋甲幾若十米遠矣——這代誌了後，良平若予個爸母差（tshe）[8]工課出門，佇倒轉去厝的時陣，經過無半个人影的停車場，看著台車就袂閣想欲坐矣。毋過，彼時塗工的形影，到今猶清清楚楚留踮伊的記持內底：佇微微仔光的茫茫所在，細細仔頂的麥稿帽仔——不而過，連按呢的記持、色緻，嘛一冬較薄一冬矣。

十幾工後的一个下晡時，良平一个人徛佇工地咧看台車駛入來，隨眼著車塗的台車以外，有一

台疊斬木仔 [9] 的台車。這台車凡勢是欲駛入去本線的，才會行佇較粗枝的鐵枝路頂。有兩个揀台車的查埔人攏真少年，良平拄看著個的時，想講無定著會較好鬥陣，「若是這兩个，凡勢較袂去予個罵」——伊人按呢想，就傱到台車遐講：

「阿叔，我來鬥揀好無？」

其中的一个人——穿條仔逝 siat-tsuh 的查埔人，是那向咧揀車，人閣有影爽快答應：「好啊，來鬥揀啊！」

良平就行倚入去兩个塗工的中央，出全力就揀。

「你力頭閣不止仔有喔！」另外一个一爿耳仔頂縫有揀薰的查埔人按呢共良平呵咾。

無偌久，鐵枝路彼崎度（kiā-tōo）予個沓沓仔揀著較輕可矣。「毋免閣揀矣！」——良平心內是想講個會按呢對伊講，猶毋過，兩个少年塗工干焦共腰小可仔伸直，恬恬仔繼續揀。良平忍甲擋袂牢，就膽膽仔 [10] 開喙問：

「我是會當繼續鬥揀 honnh？」

「當然會當啊！」

兩个人是同齊講的，良平感覺個是「誠親切的人」。

紲落揀五、六百米了後，鐵枝路來到崎度較大的所在。鐵枝路的兩爿是柑仔園，黃錦錦 (n̂g-gím-gím) 的柑仔齊予日頭光照甲笑微微。

「上崎的路會較好，我就會當繼續揀落去！」——良平是那按呢想，那規身軀出力咧揀車。

兩爿是柑仔園的鐵枝路揀到上頂懸了後，變做來落崎，穿條仔迒 siat-tsuh 的查埔人就共良平講：「喂，跖起來！」良平隨跳去台車頂。三个人坐起去了後，台車那共柑仔園的芳味吹振動，那順鐵枝路直直趨落去。「坐佇台車頂比用揀的，真正是好太濟囉」——良平的衫仔裾尾據在風吹甲颮颮飛，那咧想這款理所當然的代誌，「去的路若是上崎較濟，轉來就會當坐較久」——伊閣按呢咧想代誌。

行到竹林的某一搭位仔，台車 tsuǎnn 恬恬仔停落來，三个人就佮拄才全款，閣共重橫橫的台車揀咧行。竹林是毋知當時變成濫摻林（lām-tsham-nâ）矣，這个所在是小趨崎，落葉是囥甲共濟濟生鉎的鐵枝崁甲看袂著。這个上崎跖到盡磅，就是懸懸的山崁，山崁的對面是曠闊寒冷的海。就佇這時，良平的頭殼內就咧想講家己敢是來了傷遠。

三个人閣跖起去車頂，台車就行佇濫摻林的樹椏跤，正爿是海，是講，良平都無親像拄才按呢感覺退爾仔趣味矣：「若是會當轉去是上好啦」——伊是按呢來期待。猶毋過，若無行到欲去的所在，台車佮個攏袂當隨越頭轉去，這伊心內是知知咧。

紲來停車的所在，是共一寡仔山肚挖掉，厝後壁有靠山、厝頂崁草的茶店仔，兩个塗工行入去店內，佮一个抱紅嬰仔的頭家娘閒閒罔泡茶。良平一个人佇遐那咧著急，那佇台車的四箍圍仔踅踅看看咧。台車的車斗枋是真實腹，自塗跤反彈牢佇車枋的塗漿攏焦 khok-khok 矣。

無偌久，兩个塗工對茶店仔行出來，彼个耳仔

挾薰的查埔人（這時耳仔都無挾薰矣）提一包新聞紙包的喙食物仔 [11] 予良平。良平真冷淡共講「多謝」，煞隨感覺傷冷淡是對人有較失禮，為欲補償這款的冷淡，就拈一粒喙食物仔窒（that）入去喙內。喙食物仔是用新聞紙包的，食著有石油味。

三个人閣共台車揀起去一个小小的崎仔，良平手那揀車，心肝那咧想其他的代誌。這个崎揀到盡磅，全款有一間茶店仔，塗工行入去了後，良平坐跙台車，獨獨咧想轉去厝的代誌。茶店仔頭前彼欉梅仔樹的花當咧開，斜西的日頭光較落軟矣。「日頭都暗矣！」——想著這，伊人愣愣，連坐都無想欲坐，煞用跤去踢台車，明知影家己一个人揀袂行嘛欲共揀看覓，伊做遮的全是為欲掩崁心肝頭的不安。

兩个塗工對茶店仔行出來，共手囥佇台車的斬木仔頂懸，開喙對良平講：

「你好轉去矣，阮今仔日欲蹛彼爿遐。」

「若是傷晏轉去，恁厝內的人會操心喔。」

良平隨愣去，頂改到遮爾暗才轉去厝是舊年的

年尾、佮阿母做伙去岩村（Giâm-tshun）。害矣啦！今仔日的路途是彼改的三、四倍遠，閣愛家己一個人行轉去。想著遮的代誌，良平強欲哭出來，想講哭嘛無路用，這馬嘛毋是哭的時陣。良平面清清 [12] 向兩个塗工行禮說謝，隨越頭順鐵枝路從出去。

良平下性命順鐵枝路邊直直走 khòk-khòk 從，走無偌久感覺衫仔內的喙食物仔真鎮地 [13]，就共擲去路邊揰揀（hìnn-sak），嘛共枋仔草鞋 [14] 擲抾捒（tàn-hiat-kàk），按呢穿薄薄的布襪仔 [15]，石頭仔囥會楔入去跤指頭仔縫，毋過，跤確實有較輕可矣。伊那感覺著倒手爿是海，咧跕一逝較崎的路。有當時仔目屎輾落來，規个喙顊 tsuánn 歪去，遮的猶勉強會當忍耐，干焦是鼻仔一直咧 tshngh--leh tshngh--leh 吼袂停。

這段雙爿是竹林的鐵枝路走經過了後，西照日焟著日金山（Jit-kim-suann）的天頂，紅霞（âng-hê）拄好佇彼時杳杳仔消散去。良平愈來愈煩惱，敢若是去佮回的光景無仝款，予伊心肝真不安。閣來，伊都感覺連衫嘛澹糊糊矣，猶是下性命繼續走，就共外衫褪掉抨到路邊去。

　　走到柑仔園的時陣，四箍圍仔是愈來愈暗：「只要我的小命保牢咧……」良平是按呢那想，滑倒也好，跋倒也好，就是下性命走傱落去。

　　真無簡單佇遠遠暗頭仔的烏暗中，看著庄外的工地彼時，良平是喙齒根咬咧想欲吼出來。毋過，伊是一个強欲吼出來的哭面，到尾仔猶是無哭，就是綿死綿爛拚勢走。

　　轉來到庄頭的時，兩爿厝的電火是著甲光焱焱，佇遮的電火光跤，良平感覺頭殼流汗的燒氣咧熁。鼓井邊揹水的查某人，佮拄對田裡轉來的查埔人，看著良平伊那走那喘，攏有出聲共問：「嘿，是按怎 hannh？」猶毋過，伊猶是恬恬無應聲，走對有電火光的雜貨仔店佮剃頭店的頭前過。

　　傱到個兜的門跤口，良平擋袂牢矣，大聲嘛嘛吼（mà-mà-háu）出來。聽著吼聲，阿爸阿母隨走倚來，尤其阿母是喙那喃，那共伊身軀攬牢牢。毋過啊，良平干焦是跤手滾絞滾躘（kún-ká kún-liòng），大聲吼吼無停。敢若是吼甲傷大聲，隔壁的查某人有三、四个來到個兜彼暗暗的門跤口，阿

爸阿母佮厝邊全喇問,是按怎哭甲遮傷重?毋管人按怎問,伊就是四淋垂大聲吼。若想著對遐爾仔遠的所在,孤一个人走轉來,沿路種種的不安,伊就哭甲閣較大聲,哭閣較久,嘛猶感覺無夠氣⋯⋯

　　良平二十六歲彼年,佮牽手做伙來東京,現此時是佇一間雜誌社的二樓,攑紅筆咧做校正的工課。是講,定定會無代無誌想起彼个時陣的伊——完全是無代無誌就想起:佇工課喬頭、世事勞苦的時陣,伊的面頭前,到今猶會出現彼條暗摸摸 [16] 的竹林、上崎的路,是一步一步,規心,不接一 [17]⋯⋯

◇◇◇◇◇◇◇◇◇◇◇◇

1　小田原（おだわら）：位於日本神奈川縣西部，在東京南方。熱海（あたみ）：位於日本靜岡縣東部，北與神奈川縣接壤，以溫泉出名，也是東京圈重要的觀光都市。小田原到熱海約二十四、五公里。

2　トロッコ（Torokko），源自英文「truck」，在軌道上行駛的手推車，用於運貨，在採礦場、建築工地為多。本文譯為「台車」。

3　土工（どこう）：土木作業員和建築作業員的通稱，本文稱塗工（thôo-kang）。

4　袢天（はんてん）：日本傳統職人、工作人員的作業服。本文稱「工作服」。

5　歁咧歁咧（sìm--leh sìm--leh）：上下晃動、彈動。意指柔軟有彈性。

6　十間：日本尺貫法長度單位，一間大概相當於六尺（Shaku），約 1.818 米。十間約二十米。

7　麥稿帽仔（bē-kó-bō-á）：原文為「麦藁帽」（むぎわらぼう），麥稈做的帽子。

8　差（tshe）：使喚，派遣。

9　斬木仔（tsám-bȯk-á）：枕木。

10　膽膽仔（tám-tám-á）：怯生生的。

11　駄菓子（だがし）：用豆類碎米做的便宜糕餅等，本文稱「喙食物仔」（tshuì-tsiȧh-mih-á）。

12　面清清（bīn tshìn-tshìn）：表情冷淡。

13　鎮地（tìn-tè）：礙事、礙手礙腳。

14 板草履（いたぞうり）：草鞋鞋底改用木板。本文稱「枋
　　仔草鞋」。
15 布襪仔（pòo-buéh-á）：為日文裡的「足袋」（たび）。
16 暗摸摸（àm-bong-bong）：形容光線不明亮、陰暗漆黑
　　的樣子。
17 不接一（put-tsiap-it）：不連貫。

【譯者導讀】

〈台車〉(トロッコ) 是芥川龍之介中期所寫的短篇小說，佇大正十一 (一九二二) 年三月發表，是伊的名篇之一，也牽選入做日本的中學 (國中) 教科書。

這篇小說的概要是按呢：

主角是一位叫做「良平」的八歲囡仔，去予庄外輕便鐵路建設的台車硩 (siânn) 甲。有一工，伊的日思夜想 (jit-su iā-sióng) 就欲實現矣，會當佮兩位塗工做伙揀台車。起初是足歡喜的，毋過路行甲遠遠才開始煩惱，心肝沓沓仔不安起來。

日頭欲落山矣，塗工共伊講「你好轉去矣」彼時，才知影著愛家己一個人行遠路轉去厝。良平佇暗摸摸的路途下性命走啊走！千辛萬苦才轉來到厝，規腹的感情就佇到厝的彼一目𥌃，一下手摒出來，大聲吼出來，阿母就共攬牢牢、安慰安慰。

時間隨來到二十六歲結婚了後，良平佮牽手來

到東京食頭路。校正的工課做甲足忝頭的時，攏會無代無誌去想著八歲彼層痛苦的「台車體驗」。囡仔時代一个人行遠路，佮現此時的人生路途，是遐爾仔相𠸄。

讀者會當對良平自開始想欲揀台車，一直到會當揀車，落尾手愛家己一个人行轉去厝，彼過程的各種心理變化來欣賞、思考。

通共良平的「台車體驗」，佮伊人生的追求路途來做對照。當然嘛會當來思考咱家己的人生，人生就親像芥川寫的：「彼條暗摸摸的竹林、上崎的路，是一步一步，規心，不接一的」……

【連想——人生猶是愛家己一个人行】

我的故鄉林仔頭 (Nâ-á-thâu)，就是較早縱貫線 (台一線) 的舊大肚橋頭，號做南王田 (Lâm-ông-tshân)，也就是台灣南北縱貫線公路和鐵路的山線

海線相敆的所在。彼當時南北二路攏會經過，是一个足鬧熱的所在，我就佇遮出生、大漢。

一九五〇年代，庄裡的好額人佇這个大肚橋的橋頭邊（溪埔），設篩石仔場 (thai-tsi̍oh-á-tiûnn)。篩好的石仔佮沙仔攏貯佇「台車」，用人揀上崎到坪頂的沙石場遐。

庄裡的作田人佇閒月 (îng-gue̍h) 會去揀台車趁外路仔。會記得我六、七歲彼時，佮幾个庄裡的因仔伴做伙去看，真拄好碰著阿爸、阿叔佇遐咧揀台車。敢是阿爸看著阮的面頂頭寫「想欲坐」這幾字？阿爸就佇台車落崎的時叫阮距去台車頂，短短的一段路，是我頭改坐著車——就講是台車，嘛是四輪的——是永遠袂放袂記得的。會記得坐佇台車頂，風是 sṅg-sṅg 叫，人是暢甲袂講得，會當講佮〈台車〉的主角良平有仝款的心情。

〈台車〉的主角良平，想著通佮兩个塗工做伙揀台車，人是足歡喜的。拄開始揀，暢甲過頭，煞無去要意台車會揀到佗位，嘛毋知會經過啥物款的路途，到尾會拄著啥代誌——這佮咱人生是完全全

款的啊！紅嬰仔是一下就生出來，爸母、規家伙仔一定是足歡喜的。這成長大漢的過程佮良平揀台車全款，毋知會經過啥款的路途？會有啥款遭遇？到尾仔的成就閣是啥款？

故事的上尾，良平愛家己一个人佇欲暗仔時行遠路轉去厝，就佮人生的過程中拄著失敗、拄著大變故相捔。

這時，〈台車〉是按呢寫的：「良平強欲哭出來，想講哭嘛無路用，這馬嘛毋是哭的時陣」——這就是百年前芥川予咱的教示啊！共咱再三提醒：毋管你的環境是富裕、是散赤，終其尾人生猶是愛家己一个人行落去。

淮山糜

Huâi-san muê

芋粥

　　這是元慶 (Guân-khìng) 的尾期，抑是仁和 (Jîn-hô) 初期[1] 的代誌。毋管是啥物時期、啥物年閣 (nî-koh)，對這个故事毋是蓋重要，干焦是想欲予讀者知影，是佇叫做平安 (Pîng-an) 朝[2]、古早古早彼个時代發生的代誌爾爾。彼陣佇攝政[3] 藤原基經[4] 服侍的武士內底，有一位官職五位[5] 叫做「某」(bóo) 的武士。

　　本來是應當愛共這个「某」的名字寫出來，抑是講，舊記[6] 內底攏無寫，實際上伊可能是平凡的查埔人，紲無夠資格夆寫出來。大體上，舊記的作者對平凡人佮平凡的事項，敢若是攏無啥趣味的款。舊記的作者佮日本的自然派[7] 作家有真大的差別，王朝時代彼時作家的無閒予人是想袂到的──毋管按怎，服侍攝政藤原基經的武士內底，有一个叫「某」的五位，就是這故事的主角。

　　五位這查埔人生了是普通普通：頭先，伊人生做矮矮仔；閣來鼻仔紅紅，目尾垂落來；當然喙鬚是薄薄仔，喙䫌無肉，下頦佮一般人無全，看起來細細尖尖；彼个喙脣就……若欲一項一項講，是講袂了的──咱這个五位就是一个普通普通的荏

懶（lám-nuā）人。

這个查埔人是佇啥物時陣、是按怎會來服侍基經？無人知影。猶毋過，確實是自真早以前，伊就穿全一款式閣退色去的水干，戴全形軟軟塌塌的烏帽仔，逐工做全款的工課嘛袂喝懶（lán）。就是因為按呢，看這个形會感覺伊毋捌少年過（五位是四十捅歲的人），顛倒是認為伊彼个看起來寒寒（kuânn-kuânn）的紅鼻仔、有若無的一簇仔喙鬚，敢是對生出來就去予朱雀大路的大風剾甲變按呢的──講著這，上頂懸到伊的主人基經，下跤手到牽牛的童子，佇無意識中攏共這信甲神神。

這款普通普通的查埔人，邊仔的人會按怎對待伊，佇遮就免閣加寫矣。武士處 [8] 的同事會用講是共五位當做胡蠅，連看都無共看在眼內。伊下跤手的武士，有位的、無位的，加起來大約有二十個，對伊行踏時出出入入的彼款冷淡，真正是予人想袂到。五位咧共遮的下跤手人吩咐工課的時，個當佇咧拍抐涼（phah-lā-liâng），煞連停都無共停落來。五位對個來講，就親像是空氣共當做看袂著，五位的存在應該是袂去閘著個的目睭才著。連下跤

手人就按呢生，上級的長官 [9] 佮武士處的主管等等的頂司，拄開始就是無想欲佮伊有來往，這嘛誠自然。個遮的下跤手人，對待五位若共當做囡仔，彼款惡意是無緣無故的，攏藏佇冷淡的表情後面，準有代誌攏是用手比比咧。人類會有語言毋是逪拄逪（tshiāng-tú-tshiāng），是講，個的手勢是定定表達袂清楚。不而過，遮的下跤手人攏認為五位的悟性有欠缺，就按呢，個若準用手比、做了無好勢，遮的下跤手人隨會掠五位這個查埔人孜孜看，對頂懸伊歪歪的軟烏帽仔開始，看到下面彼个強強欲斷去的草鞋帶。對頂懸看到下面，閣對下面看到頂懸，一遍閣一遍。紲落去就共恥笑，恥笑有一睏仔了後，所有的人鼻仔哼一聲，雄雄越對後壁去矣。面對這款的創治，五位毋捌受氣，伊對這一切的無合情理攏袂感覺無理。橫直，伊人就是鳥仔膽、無志氣。

伊遐的武士同事若來創治是閣較雄囉。年歲較大的同事愛掠伊彼袂得人疼的外表來欷，講遐的古早孽譎仔話 [10]；較少年的武士同事，就趁這个機會掠伊來練「消遣拍抐涼」。遮的人就佇五位的面頭前，共伊的鼻仔、喙鬚、烏帽仔、水干等等攏掠來

供體，閣講袂停、講袂懶。毋但按呢，連伊五、六年前離緣的彼个屃斗前某，和佮伊前某有關係的彼个啉酒的法師，嘛定定予伊掠出來做笑談。而且，有當時仔個咧創治是誠可惡，遐的創治無法度隨个仔隨个共列出來，干焦講著「個捌共伊竹管壺[11]內的酒啉了，才共尿閣貯入去」這款可惡的創治寫出來，其他的就攏料想會著矣。

不而過，面對這款的創治，五位是一點仔就無感覺，上無佇外人看起來，伊對個遐的創治敢若攏無要無緊。毋管人按怎講，伊面色攏袂變，恬恬仔那摸伊櫳櫳疏疏的喙鬚，那共該做的代誌做完。只是講同事的創治若有較超過，可比共紙幼仔掖佇伊的頭鬃髻頂、共武士刀的刀柄佮草鞋結做伙等等，伊干焦顯出一款毋知是咧笑抑是咧哭的笑面，講出「按呢是袂使得喔，恁遐的人」的話爾爾。看伊的面，聽伊的聲，毋管是啥人攏會一時就感覺伊是一个可憐人。（予遐的人欺負的，毋是干焦紅鼻仔五位一个人爾爾，遐的人無熟似的某乜人——多數的某乜人是會借五位的面貌佮聲音，譴責遐的人真無情囉。）這款的感覺，雖罔無蓋清楚，目一瞬

就會黔入去迟的人的心內。不而過，這个時陣的彼款心情，有法度來繼續的人是無蓋濟。佇遮的少數當中，有一个無位的武士，伊是對丹波國 (Tan-pho kok) 來的，鼻仔下跤有拄發出來的軟喙鬚——是講，這个查埔人頭起先嘛佮迟的人仝款，無緣無故就共紅鼻仔五位藐視。有一工，伊拄好去聽著「按呢是袂使得喔，恁遮的人」的話以後，這句話就牢佇伊的頭殼底走袂開矣，就按呢，佇這个查埔人的目睭內，五位就變做完全無仝款的人矣。伊看著五位營養不良、面色穗、閣戀頭戀腦的面容，彼是予世間人迫害甲欲哭欲啼的「人」啊！這个無位武士見若想著五位的代誌，就會想著這句話：「世間的一切隨時攏會予伊原底的卑鄙本性走走出來。」同時，五位袂輸予霜凍著的彼支鼻仔、有若無的幾枝喙鬚，敢若是一種安慰，傳到伊家己的心肝來……

不而過，是干焦彼个查埔人爾爾，這个例掉外，五位仝款愛佇邊仔的人的藐視之下，過著像狗仔彼款的日子。第一，伊無一軀會看口 (khuànn-kháu) 的衫仔褲。伊是有一領暗青色的水干，佮一領仝色的指貫 [12]，毋過，色水齊退甲看袂出來是藍

的抑是紺的矣。水干佇肩頭是有一屑仔垂落去，圓鈕仔佮菊花妝娗物的色水有退甲小可仔怪怪爾爾。猶毋過，指貫衫仔裾的磨損就毋是小可仔矣，指貫內底伊閣無穿內裙，細細肢仔的跤就會走出來看人。若是予人看著，喙較穩的同事會詼伊袂輸散赤公卿所坐的牛車的牛：瘦卑巴、無精無神、欲死盪幌。伊彼支武士刀閣予人誠袂放心，刀柄的金屬物嘛袂可靠，刀柄的烏漆是落甲欲了矣。這个紅鼻仔，穿彼雙袂看口的草鞋，那佇塗跤拖咧拖咧。伊本成就曲痀，天愈寒就牽感覺人閣較曲痀，伊彼號形拄親像有啥物件欲挃 (tih)，佇路裡細細步仔行，看東看西，莫怪連街仔路賣物件的小販仔嘛會看伊無。今就捌發生這款的代誌：有一工，五位對三條小路拄欲行向神泉苑 (Sîn-tsuân-uán)，看著六、七个囡仔集佇路邊，這定定看著，掠做講個咧耍干樂，就自後壁看過去：毋知佗位走來的長毛獅仔狗，頷頸有縛索仔，予退的囡仔共損共擗 (khian)。五位是鳥仔膽，較早嘛毋是毋捌有過同情心，煞攏看四周圍的情形是按怎，閣毋捌出手過，這馬的對手是囡仔，就感覺有幾分仔勇氣衝起來。伊就伨 (tènn) 笑容，共一个較大漢的囡仔的肩胛

頭搭一下，出聲講：「好矣啦！共放掉啦，狗仔夆拍嘛是會疼呢。」彼个囡仔隨越頭，反白睭（píng-pèh-kâinn）用藐視的態度共五位睨，袂輸是武士處的長官佇伊工課做了無好勢的時看伊的眼神。「毋免你家婆啦！」彼个囡仔退一步喙脣翹翹那按呢講。「是按怎，你這箍紅鼻仔！」五位聽著這句話，親像是喙頓去夆搧著。抑是講，受人侮辱到這款形，伊是攏袂受氣，是想講這代誌本底免伊插，是家己家婆討皮疼的，夆侮辱的家己才是可憐的。伊用苦笑來掩閘這層見笑代，人就恬恬仔行向神泉苑。佇伊的尻脊後，六、七个囡仔徛做伙，向伊「反白睭」掛「吐喙舌」。當然，這伊攏毋知，若準知影，這个無志氣的五位到底是會按怎做咧？

　　按呢，講著咱這位主角，伊敢干焦是欲予人藐視才來到這个世間？敢攏無抱著任何的向望咧？事實嘛毋是按呢。五位佇四、五年前就對「淮山糜」這項物件真反形（huán-hîng）咧綿豉（mî-sînn）。淮山糜是共淮山切做幼片，佮甘葛（kam-kuah）汁做伙焝做糜的，斯當時是無比止的好食物（hó-tsiàh-mih），是佇萬乘之君的天皇桌頂才有的佳肴（kangâu），像五位這款身份，佇一年一擺「臨時客」的時陣才看食會著袂。彼時嘛干焦會當食著一屑仔、搵著嚨喉的程度爾爾。就按呢，通「淮山糜食甲飽」自足早以前就成做伊唯一的向望，當然，伊毋捌共人講過——毋是，甚至連伊家己對這一生追求的向望，嘛毋是有遐爾仔強烈的意識。論真講，講伊是為著淮山糜才活落去，嘛袂使講是傷超過啦——人有當時仔會為著一層毋知到底做會到抑袂的向望，奉獻伊的一生，共這戀代誌掠來恥笑的人，佇人生路途中干焦會曉人咧食米粉你喝燒爾爾啦。

是講，五位伊「淮山糜食甲飽」的向望，敢若簡簡單單就會成做事實。共這過程寫出來，就是這篇〈淮山糜〉的目的。

＊　＊　＊

有一年的正月初二，基經的大厝宅辦一場「臨時客」的宴會（「臨時客」就是佮二宮的大饗[13] 全一日，佇攝政關白（kuan-pèh）的大厝宅，招待公卿大臣以下官員[14] 的宴會，和大饗無啥差別）。五

位就佮其他的武士做伙來參加這「臨時客」宴會的
食菜尾（tsiàh-tshài-bué）。當時，猶無「取食」[15] 的
習慣，宴會賭菜尾就予厝宅內的武士做伙來食。
本來這個宴會嘛是佮大饗相橋，毋過這是古早的
代誌，菜色種類濟是濟，煞無啥物好料。麻糍、油
糈餅、炊鮑魚、烘雞、宇治（Ú-tī）的鱖魚栽（kiàt-
hî-tsai）、近江（Kīn-kang）的鯽仔魚、鯛魚切片的
魚乾、帶卵的紅鰱魚、烘鰇魚、大蝦、柑仔類（大
柑、小柑、桔仔）、串柿等等。內底也有淮山糜，
五位逐年攏足期待這出菜。猶毋過，人一直是濟甲
伊通唌著的無甲偌濟，而且今年的額閣少甲，這敢
是伊家己的錯覺？感覺今年並往年較好唌，唌過了
後，一擺閣一擺掠家己的碗金金相。伊櫳櫳的喙鬚
頂帶一屑仔淮山糜，就隨用手共抾來喙食，本成無
想欲予人聽著，喙按呢咧喃：「毋知當時才會當淮
山糜食甲飽？」

「大夫大人是淮山糜毋捌食甲飽 honnh？」

五位的話就猶未講煞，隨聽著有人按呢咧共恥
笑，是一個梢聲梢聲、大範武人的聲。五位共伊帶
曲痀身軀的頭殼攑起來，膽膽仔去看彼个人，聲音

的主人是藤原利仁 [16]，彼時嘛全款佇咧服侍基經，是民部卿時長 [17] 的囝。這个查埔人肩胛頭闊闊，人懸漢大 (lâng-kuân-hàn-tuā)，喙勻仔哺爁栗子 (lát-tsí) 勻仔啉烏酒，看起來已經是醉茫茫矣。

「真可憐呢！」利仁相著頕擽起來的五位，用輕視掛憐憫的氣口來講，紲落來閣講：「你若欲挃，利仁予你飽袚離。」

這就是「狗仔若定定孝欺負，一半改仔提肉來共哐，伊欲倚來就無退捎掠 (sa-liáh) 囉」。五位干焦顯出伊毋知是笑抑是哭的笑面，掠利仁的面佮彼个空碗咧做比較。

「是無佮意？」

「……」

「怎樣？」

「……」

五位沓沓仔感覺眾人的視線齊拈對伊遮來矣，

便若伊應啥，定著會予眾人創治。抑是講，伊按怎回答，結局攏是會羞恥笑，伊人就足躊躇的。若準彼个時陣，利仁無用小可仔帶煩的聲音講「你是無愛 honnh？就共當做我無講」，五位凡勢猶全款掠利仁的面佮空碗直直咧做比較爾爾。

聽著這句話，伊小緊張一下就回答講：

「毋是……是萬分的感謝。」

聽著這葩問答的人齊笑出來矣，五位回答的「毋是，是萬分的感謝」──這句話嘛閣有人咧共學。杏紅、黃色、柑仔色、紅色，各款的酒共葉椀（hio̍h-uánn）、高杯攏斟甲滇滇，濟濟的戴軟烏帽仔、戴硬烏帽仔的笑聲結做伙來振動，是一波閣一波湧起來，這內底上蓋大聲、上蓋歡喜的就是利仁本人。

「按呢，另日才來招你……」佇咧講這句話的同時，利仁的面煞結起來，是因為衝起來的笑佮今啉的酒擠佇嚨喉所致的。「──就按呢，會使得 honnh。」

「萬分的感謝。」

五位的面是紅記記，共拄才講過的話 ti-ti-tùh-tùh 閣話幾若遍，逐家聽著，免講嘛攏閣笑出來矣。利仁這箍朔北的野人[18]，生活干焦兩項，一項是啉酒，猶一項就是笑。

好佳哉無偌久以後，話頭就對佣兩个人徙離開矣，凡勢是其他的人，毋管是咧恥笑抑共注意攏囥佇五位的身上，予佣袂爽快嘛無一定。毋管按怎，話頭就講去別位矣。這時酒佮酒配攏瞌無偌濟，一位叫做「某」的武士學生[19]咧騎馬的時陣，共伊兩肢跤做伙囊入去全一跤護腿[20]，這代誌共眾人的注目牽過去。是講，干焦這個五位共當做佮家己無底代，攏無咧聽，應該是「淮山糜」這幾字已經共伊所有的心神攏支配牢咧矣。面頭前的烘野雞肉，伊袂攑箸去夾；斟甲滇滇的烏酒，伊嘛袂去共唚一下。伊兩肢手就干焦架佇跤頭趺頂懸，可比相親的姑娘仔是純真掛緊張，面仔紅絳絳紅到鬢邊，袂輸去予冷霜凍著，直直掠彼塊漆烏的空碗金金看，戀戀仔咧笑……

* 　 * 　 *

　　紲落來，四、五工後一个早起時，兩个騎馬的查埔人順鴨川 [21] 河邊的街路恬恬仔行，欲行往粟田口 [22]。一个是飄撇美男子 [23]，穿深藍色狩衣、仝色的外褲，武士刀的刀柄是框金框銀；另外彼个武士四十捅歲，穿一軀破鬖（phuà-sàm）的暗青色水干，薄薄的棉衫是兩領相疊，腰帶結甲足袂看口的，紅鼻仔的鼻空邊予鼻水滒甲澹澹，穿甲是破茈破鬖。較無仝的是兩人騎的馬，前馬是月毛、後壁彼隻是蘆毛 [24]，今攏三歲，連過路的販仔佮武士攏會越頭共看的駿馬（tsùn-má）。綴佇後壁的兩个隨員（suî-uân）驚去綴袂著陣，跤步是真大伐，應該是調度員佮雜差仔 [25] ——這就是利仁佮五位個一行人，就無必要閣加說明矣。

　　時日是佇寒天，天氣恬靜清彩甲，溪埔地是規片的白石頭，清鏡鏡的水流邊，焦蔫的艾草（hiānn-tsháu）葉仔是無半絲仔風通共吹振動。溪邊頕頕（tàm-tàm）的柳樹、尾尾（khùt-khùt）無葉仔的柳枝，予像糖含遨爾仔金滑的日頭光照著，歇

佇柳枝頂的牛屎鳥仔 26，尾溜振動的影就照來到街路頂。東山 (Tong-san) 暗綠色的山嶺頂懸，冷霜凍甲像天鵝絨的山肩是看甲現現現，彼大概就是比叡山 27 啊。馬鞍頂的螺鈿 (lê-tiān) 予鑿目的日頭光照甲閃閃爍爍，兩个人馬鞭是無攑，勻勻仔行向粟田口。

「遮是佗位 hannh？是欲炁我去佗位？」五位猶無蓋熟手，那摸馬索那講。

「就佇遐，無你所想的遐遠。」

「若按呢，就是粟田口彼个跤兜 (kha-tau) honnh。」

「你先按呢想就會使得。」

利仁下早仔去招五位的時，是共伊講欲去東山附近一個出溫泉的所在，兩个人就按呢做伙出門。紅鼻仔五位就共當真，想講誠久無浸溫泉矣，前一站仔規身軀都會癢咧。會當食著淮山藥，閣通浸溫泉，吥有比這閣較好空的代誌呢？伊按呢咧想的時陣，就跙起利仁牽來的蘆毛馬的馬頂。不而過，相

招騎馬來到這个所在，看起來就毋是利仁講的附近爾爾，現此時，侗匀仔開講馬匀仔行，粟田口就過去矣。「毋是欲去粟田口 hioh？」

「著，閣一觸久仔，你 honnh……」

利仁微微仔笑，刁故意無愛去看五位，恬恬仔喝馬行。兩爿的人家厝是愈來愈少，佇曠闊的晚冬田頂懸，只賰咧走揣食物的烏鴉。山後壁殘雪的色水有小可仔帶青，天氣清朗，刺 giâ-giâ 的山賊樹樹尾，若親像是刺對鑿目的天頂去，就是感覺真冷。

「若按呢，是山科彼角位仔，是無？」

「山科，就佇遮，閣較過去一屑仔。」

原來如此，喙按呢咧講的時，山科就過去矣；毋但按呢，無偌久，關山嘛過去矣。就按呢，佇過畫彼个跤兜行到三井寺[28]的頭前。佇遐利仁有熟似一位僧人，兩人就去共拜訪，閣予請食晝。晝食飽矣隨就閣跙起馬頂，跤步就有掉較緊矣。前方的路途，人煙是比扗才的路途閣較少。彼个時陣，盜賊是真猖狂（tshiong-kông），時勢滾絞不安，五位

那共曲痀的身軀向予閣較低，那看利仁的面來出喙問：

「愛閣較過去，是無？」

利仁微微仔笑出來，袂輸變猴弄的囡仔夆搝著了後，對長輩所顯出的彼種微笑。利仁彼擠到鼻仔來的皺痕和目尾冗去的筋肉，若像咧躊躇到底是欲笑出來、抑是莫，到尾仔規氣就講：

「事實是欲炁你去敦賀 29 迌啦。」利仁是那笑，那共馬鞭攑懸懸，指對遠遠的天頂去。馬鞭的下跤面，就是琵琶湖 30，下晡時的日頭光共倒照甲光爍爍。

五位聽著掣一越，毋知欲按怎是。

「敦賀就是越前 (Uát-tsiân) 彼个敦賀？彼个越前的……」

利仁是敦賀人，自成做藤原有仁 (Tîng-guân Iú-jîn) 的囝婿了後，就較捷蹔佇敦賀，遮的代誌五位平常時仔嘛是毋捌聽過，猶毋過，從到今毋捌想過伊會炁家己去敦賀。頭先，欲去到遐爾仔遠

的越前國，像按呢干焦配兩个隨員，敢會順利行到位？而且，目今閣不時聽著濟濟的旅人去予盜賊搶剝（tshiúnn-pak）……五位袂輸咧姑情咧，目睭金金看利仁。

「而且，你閣共我騙！想講是東山，煞是山科；想講是山科，煞是三井寺。到尾仔竟然是越前的敦賀，這到底是按怎啦！若佇頭起先就講，嘛會當加叫幾个隨員做伙行──敦賀？無這款的代誌，是無！？」

五位會使講是強欲哭 tsuánn 細細聲喃出來，若毋是「淮山糜食甲飽」咧共鼓舞，予伊有勇氣，伊百面會隨走，翻頭倒轉去京都囉。

「獨獨我利仁一个人，你就共當做有一千人，路頭你就免煩惱啦。」

看著五位著驚，利仁目頭小可仔結起來，那共恥笑。利仁閣叫調度的隨員共箭籠揹來揹佇尻脊骿，隨就共漆烏的弓攑佇手，靠（khuà）佇馬鞍頂共馬拍行。代誌到按呢，軟汫的五位只有順從利仁

的意志，無別步矣。伊的心肝頭誠不安，目睭勻仔看對四箍輾轉拋荒的原野，喙勻仔唸伊猶無蓋熟的《觀音經》經文，共伊彼支紅鼻仔貼馬鞍閣較倚。馬仔的跤步是踏無在，猶原沓沓仔向前來行。

全全馬蹄唰應 (ìn) 聲的平埔，規个閣去予茂茂的黃茅崁牢咧。水池仔一四界是冷吱吱，共青蘢蘢 (tshenn-lìng-lìng) 的天頂倒照，佇這个寒天的下晡時，予人懷疑水池仔按呢就會來堅凍。盡磅彼一逝山脈的山尾溜，照講愛有光焱焱的殘雪反光，敢是因為日頭無照著？這陣煞一點仔都無，只賰暗毵的紫色長閬閬來崁落去。遮的景色是去予一欉閣一欉的焦蔫茅草遮著矣，濟濟位是彼兩个隨員看袂著的——就佇彼時，利仁雄雄越頭向五位講：

「彼爿有來一位使者，叫伊傳話去敦賀。」

五位聽無利仁到底是咧講啥，膽膽對利仁的弓所指的方向看過去。遮本底就是無人會來的所在，干焦看著野葡萄抑是啥物藤仔，共一片矮欉仔 (é-tsâng-á) 纏甲牢牢，內底有一隻狐狸，身軀的毛看起來真燒烙，浸踮斜西的日頭光，勻勻仔咧行

——就佇這時，狐狸雄雄著驚跳起來欲來旋，利仁馬鞭隨捽落去，馬仔連鞭傱出去，五位馬上綴後壁逐去，隨員當然嘛袂使得傷慢。閣來就聽著馬跤踢著石頭的聲，khik、khik、khik 共曠野的恬靜拍破。無偌久，看著利仁共馬停落來，毋知底當時掠著的，狐狸的後跤已經夆倒吊縛佇馬鞍。掠算是狐狸欲旋煞走袂去，利仁逐到位，揿佇馬跤共掠起來的。五位隨共牢佇伊櫳櫳喙鬚頂的汗拭掉，才共馬仔騎倚到利仁邊仔。

「喂，狐狸，你聽清楚 honnh。」利仁共狐狸攑懸，攑到伊个目睭前，刁工用嚴肅的氣口講：「你，下暗去到敦賀的利仁厝宅，共遮的代誌交代出去：『利仁臨時臨曜（lîm-sî-lîm-iāu）焄一位人客，明仔載量約仔佇巳時 31 會行到高島 32，請派幾个仔男丁來，閣愛牽兩隻掛馬鞍的馬做伙來。』毋通袂記得喔！」

話講煞，利仁就用手共狐狸幌一輾，擲對遠遠的矮檻仔遐去。

「走啊！緊走啊！」

　　兩个隨員這時才逐到位，對狐狸旋去的方向看去，手那拍噗仔喝咻。野獸的尻脊骿佮落葉的色水欲仝仔欲仝，佇欲暗仔的日頭光下跤，規心向前衝，樹根、石頭攏無咧插，就是直直衝對頭前去，踮彼一行人徛的所在就會當看甲清清楚楚。那咧逐狐狸，個那來到曠野一陵較無邅趄的崎，拄好是水焦去的溪埔欲距崎彼跡。

　　「這个使者袂靠得喔。」

　　五位那說出純真的尊敬佮讚嘆，敢若是到這馬才知影的，仝時掠這个無教示的武人的面金金看——伊是連狐狸嘛通使弄、通差教啊。是講，家己佮利仁是有偌大的精差，就無時間去想矣。只是利仁意志支配的範圍若愈曠闊，伊意志內底彼家己的意志運用就會當較自由，佇五位的心肝底，這感受是足強足強的——巴結佇這个時陣本成就會自然來發生。各位讀者，此後，你看紅鼻仔五位的態度，若有彼種扶羼脬（phôo-lān-pha）的行為，你就毋通烏白去懷疑這查埔人的人格。

　　予人擲出去的狐狸，走落崎若像用翱的，佇焦

焦無水、全全石頭的溪埔，彪甲真扭掠，彪甲袂輸
用飛的過去，紲來就走對彼爿面的崎仔，彎來斡去
拚勢來跮起去。狐狸跮到崎頂，越頭看轉去，頭拄
仔共掠著的彼陣武士，徛佇另外彼爿遠遠的崎頂，
騎馬停佇遐，排規排，逐家攏像手指頭仔排做伙按
呢，看著是細細個 (kâinn) 仔。尤其是去予欲落山
的日頭光來炤著的月毛馬佮蘆毛馬，佇霜風透濫的
空氣當中，看起來比畫的閣較點陳 [33]。

狐狸頭一下越，就走入去焦蔫的茅仔草 (hm̂-
á-tsháu) 內底，親像一陣風衝向前囉。

*   *   *

一行人是照原定的隔轉工巳時彼个跤兜，來到
高島這跡。遮是琵琶湖邊仔一个細細的部落，這所
在佮昨昏無全款，霧霧暗暗的天頂跤，有幾間草
厝疏疏橛橛。對岸邊松樹的空縫看出去，會當看著
湖面湧出來的殕色水泡，親像袂記得磨光的鏡，冷
爍爍踮佇遐。來到位，利仁隨越頭共五位講：

「你共看覓，彼陣人就是欲來接咱的。」

攑頭一下看，當時仔有二、三十个人牽兩隻掛馬鞍的馬，有的人騎馬、有的行路，寒風共伬的水干衫仔裾吹甲飀飀飛，對湖垺的松樹林趖過來。無偌久，行到離較倚的所在，騎馬的隨落馬，佮行路的人做伙跍（khû）佇路邊，恭恭敬敬攏咧等候利仁。

「彼隻狐狸確實有盡著使者的本份 honnh。」

「生成就足勢反變[34]的野獸，這款的小工課是無啥啦。」

五位佮利仁一行人就佇這對話當中，行到家臣等候的所在。利仁出聲招呼講「辛苦矣」，跍佇遐的家臣就趕緊跔起來，共兩个人的馬拎去，連鞭就鬧熱滾滾矣。

「昨暝，發生一層足罕見的代誌呢。」

兩人對馬頂落來，想欲坐落去舒佇塗跤的皮布頂懸彼時，一个穿烏黕紅（oo-tòo-âng）水干、白頭毛的家臣，來到利仁面頭前講。

「啥代誌？」利仁那招呼五位，享用家臣紮來彼竹管壺佮飯菜籠 [35] 內的酒菜，誠得定那問。

「是按呢啦，昨暗大概佇戌時 [36]，利仁夫人雄雄無意識去，開喙講出遮的話呢：『我是阪本 [37] 的狐狸，今仔日有大人交代的話欲傳達，請靠倚來斟酌聽。』逐家隨就倚過去，夫人紲咧講：『大人雄雄焦一位人客，佇明仔載巳時彼个跤兜，會行到高島彼角位仔，請派男丁來接，閣愛牽兩隻掛馬鞍的馬做伙喔。』」

「這……閣是……真罕見的代誌呢。」是五位那掠利仁佮伊的家臣斟酌做比並，那講出予雙方攏滿意的褒囉嗦。

「毋是干焦講遮的話爾爾，夫人敢若是足驚惶的，驚甲規身軀咇咇掣，閣講『袂使得慢到，若是慢到，我會去予大人責備』。講了隨大聲吼出來，吼袂停呢。」

「按呢，閣來是按怎？」

「閣來，人就好矣，去歇睏矣。阮一陣人欲出

門的時，夫人猶未精神呢。」

「怎樣？」家臣的話聽了，利仁就激一个風神氣對五位講：「利仁是連野獸嘛會當指揮呢。」

「我干焦『著驚』兩字以外無別句矣。」五位是那抓伊彼支紅鼻仔，共頭小可仔向落去，閣刁工用一個愣愣、大喙開開的面容予利仁看，拄才啉的酒猶有一滴牢佇伊的喙鬚頂。

* * *

是彼个暗暝的代誌。五位佇利仁厝宅的房間，愣愣咧看油燈台的燈火，目睭金 hòo-hòo，度過一个睏袂去的長暝。想起欲暗仔來這个所在的路途中，利仁佮家臣是那行那講笑，經過的松山、溪仔、焦埔，抑是草、樹葉、石頭、野火的火薰味……路途中的一切，是一个仔一个浮佇伊的心肝頭。尤其是欲暗仔來到利仁的厝宅時，長株形火爐的火就已經起著矣，看著紅帕帕（âng-phà-phà）的火炭火，彼款齊放落來的心情。而且，現此時伊家己有通睏

佇遮，彼是古早古早以前才有的代誌。五位眮佇四、五寸厚黃色衫仔形棉被[38]內底，輕鬆爽快那共跤伸甲直直直，愣愣咧看伊家己佮家己的眮樣。

佇衫仔形棉被內底，五位穿利仁的淺黃色原棉衫，兩領穿相疊，干焦穿按呢就燒烙甲強欲流汗，閣佇食暗頓的時小啉一下，燒酒啉甲醉醉嘛對這个燒烙有小催起去。雖然枕頭隔一个格仔隔枋的彼爿面，是落霜的曠闊大埕，按呢峇微峇微共眮眮落去嘛是足四序的，這萬萬項佮京都伊家己的房間比起來，有影是天差到地。猶毋過，五位的心肝內煞有一種無鬥搭的不安：頭先，是感覺時間咧行有一點仔偃，佇全一時，想著天若光，就欲食淮山糜矣，伊就起一種莫予伊遐爾緊就來到的心情。閣來，這兩港衝突的感情相碰了後，心境的變化是足大的，予伊的心肝頭袂平靜，袂輸今仔日的天氣小可仔冷冷。遮的種種一切全變成阻礙，無彩伊人就佇這个燒烙溫暖的所在矣，煞一直眮袂落眠。

就聽著外口的曠埕（khòng-tiânn）有人大聲咧講話，彼个聲聽起來是今仔日來迎接的彼个白頭毛家臣，佇咧拍派工課。伊彼个梢梢的聲敢若扛著冷

霜來倒彈，變做冷吱吱的寒風，一句一句鑽入去五位的骨髓內底，予伊強欲擋袂牢。

「在場的各位，恁就愛聽予好，這是大人的旨意：明仔載早起卯時[39]以前，恁大大細細逐家人攏愛提一支切喙三寸、五尺長的淮山來到遮。毋通袂記得喔，卯時以前 hannh。」

遮的話若親像講兩、三擺矣，無偌久，人的聲全全消失，這四箍圍仔就閣回轉原底彼恬靜的多夜矣。佇這種恬靜內底，點燈台的油咧吼（háu），紅記記親像絲棉的燈火光幌咧幌咧。五位共唏忍牢咧，思路閣再四界從來從去——講著淮山，一定就是欲共焄做糜，才會叫退的下跤手人去取。佇咧按呢想的時陣，伊一直咧注意外口，拄才的不安才會一時共放袂記得。彼種不安，毋知當時閣轉來到伊的心肝頭矣，尤其是有一種比進前閣較強的、希望莫閣爾早就會食著淮山糜的心情，就是足歹心的，一直牢佇伊思路的中心，無欲離開。敢若「淮山糜食甲飽」簡簡單單就變做事實，若是按呢，遮爾仔無簡單，幾若年的忍耐就會變做白了工矣 hioh？若是會使得，伊希望會來發生啥物事故，予淮山糜煞

來食袂著。紲落來，才共彼个事故解決，閣來這改才會當食著的彼種過程——這款的思路親像干樂，釘佇一个所在直直轉、直直轉。毋知佇何時，路途的疲勞予五位來睏去，閣睏甲足落眠的。

　　隔轉工早起，五位的目睭一下擘金，隨就想起昨暗淮山的代誌，代先就共格仔隔枋拍開共看覓：伊才知家己睏過頭，卯時已經過去矣。曠埕的四、五領長蓆蓆頂懸，彼物件生做攏像樹箍（tshiū-khoo），看起來有兩、三千支，囡敧敧（khi-khi）凸出來，疊甲若山強強欲拄著松梧樹皮厝頂的簾簷（nî-tsînn），伊斟酌共看，當時仔攏是切喙三寸、五尺長大大支的淮山。五位那按拄才精神的愛睏目，一時人驚惶起生狂，愣愣向四周圍斟酌共看一輾。曠埕有新砌的柴杙（tshâ-khit），頂懸有五斛 [40] 大的大鼎，五、六个是排相連。有幾十个穿白布大裘的少年查某人，佇邊仔唰無閒來無閒去，有燃火的、挖火烌的，抑是自新做的白柴桶內舀甘葛汁入去大鼎，遮的攏是準備欲焄淮山糜的，逐家攏是無閒 tshih-tshih。大鼎下跤的柴火衝（tshìng）出來的火煙，和鼎內熁（hannh）起來的燒水氣，佮早起時猶

未消散的雲霧就來結做伙，變成一重強欲看袂清的殕殕雲煙，共曠闊的大埕罩牢咧。這內底，紅的是大鼎下跤燒甲旺旺旺的柴火火炎，目睭看著的，耳空聽著的，可比戰場抑是火燒厝現場彼款的 kā-kā 滾。五位到今猶一直咧想，遮爾濟的淮山囥入去遐爾大的大鼎內底欲變做淮山糜的這件代誌。伊閣想著，家己為欲食淮山糜，千辛萬苦專工對京都來到遠兜的越前的敦賀，愈想愈感覺這逐項攏是見笑代。咱五位彼使人同情的枵饞，講實在的，現此時已經賰無一半矣。

紲落來一點鐘後，五位佮利仁的丈人有仁同齊坐佇飯桌前，面頭前有一坩一斗大的銀揞鍋，內底是強欲滿出來、若大海遐驚人的淮山糜。五位拄才有看著疊甲若山、強欲疊到簾簷的淮山，幾十个少年人跤手猛掠（mé-liàh），攑刀對淮山的一頭削落的彼種氣勢，閣有看著遐的查某使用人無閒來無閒去，共削好的淮山斜入去大鼎。落尾，嘛有看著囥佇長長闊闊的草蓆頂懸的淮山，一支都無賰總消失去的情形，淮山的味佮甘葛的味濫做伙，結做幾若港燒唵唵的水氣柱，大大港對鼎內衝起去早起時清

彩的天頂。遮的攏是伊親目睭看著的，這馬佇面頭前貯佇捾鍋的淮山糜，喙是猶未啖著，腹肚就感覺飽矣，這嘛是莫怪啊！——五位佇捾鍋前，人足無款的，khók-khók 咧拭伊規頭殼額的汗。

「聽講你淮山糜毋捌食甲飽 honnh，莫客氣，就做你食啦。」

丈人有仁閣叫童子捾幾鍋淮山糜來排佇飯桌仔頂，淮山糜逐鍋攏貯甲滇滇。五位共目睭瞌落來，平常時紅記記的鼻仔這馬是閣較紅矣，伊自捾鍋舀半鍋的淮山糜到大瓷仔碗，硬共啉了了。

「阮阿爸都按呢講矣，請你就莫客氣呢。」

利仁佇邊仔鼓吹新捾來的淮山糜，那用一種歹心的笑那對伊講。這个時陣上歹過的是五位，若準會使得客氣，伊自頭全然就無想欲食。這馬都硬啉半鍋矣，若是閣再硬啉，恐驚猶未到嚨喉就會溢倒出來。講是按呢講，若準無閣共啉，就會辜負有仁佮利仁的好意。就按呢，伊目睭瞌落來，共拄才賰一半的淮山糜舀三分一起來，一喙就共啉了。閣落

去，伊是半滴都無想欲閣啉矣。

「實在真多謝，已經食有夠矣——毋是，毋是，實在誠多謝啦。」

五位規个人是亂操操，就按呢共應話。看起來伊是一粒頭兩粒大，佇這種寒天，喙鬚頂、鼻頭頂煞來大粒汗細粒汗。

「實在是足小食的呢！人客是咧客氣喔，恁逐家是咧創啥 hannh。」

童子就遵照有仁的命令，想欲自新來的掐鍋共淮山糜舀去到五位的碗，五位親像咧趕胡蠅，手是一直撥、一直撥，表示食有夠矣。

「毋是，毋是，誠實是有夠矣……誠歹勢，誠實是有夠矣。」

若準佇這个時陣，利仁無雄雄指向厝宅的簾籫講「恁逐家共看覓咧」，有仁就會繼續鼓吹五位淮山糜閣食一碗。好佳哉，利仁的彼句話共逐家的注意攏牽對簾籫彼爿去。松梧樹皮厝頂的簾籫，拄好

予早起時的日頭光炤咧，佇鑿目的日頭光下跤，有一隻皮毛金滑仔金滑的野獸，乖乖坐佇遐咧曝日，一下看就知影是昨昏利仁佇荒 hìnn-hìnn 的路裡掠著的彼隻阪本野狐狸。

「狐狸嘛是有想欲食淮山糜，才來到遮參見的。恁遮的男丁，舀一寡仔予伊啉啦。」

利仁隨命令隨有人執行，狐狸就對簾簷跳落來到曠埕食淮山糜。

五位那看狐狸咧食淮山糜，心肝內那回轉想起彼个予人足懷念、猶未來到遮的早前的家己，彼就是去予濟濟的武士創治戲弄的家己，連京都的囡仔嘛詼伊「啥貨，你這箍紅鼻仔」的家己。身穿退色的水干佮指貫，像無人飼的黃毛獅仔狗，佇朱雀大路一步一步踏著沉重的跤步，無人疼惜、孤單稀微的家己。猶毋過，伊彼个「淮山糜食甲飽」的向望，獨獨有一个人共伊佝 (thīn) 的彼个幸福的家己——已經有彼款免閣食淮山糜的放落心矣，全時感覺伊規面的汗自鼻仔開始焦起來矣。敦賀的早起時，天氣是誠清彩，煞猶寒甲會凍人，五位就緊共

鼻仔掩咧，仝這个時陣，對銀捾鍋，拍一个大大下
的咳嗽。

◇◇◇◇◇◇◇◇◇◇◇◇◇

1 元慶（がんぎょう）為平安前期陽成天皇、光孝天皇時
（八七七～八八四年）的年號。仁和（にんな）為平安前
期光孝天皇、宇多天皇時（八八五～八八八年）的年號。

2 平安朝：平安時代。平安王朝（七九四～一一八五年）是
日本古代最後一個政權中心在平安京（京都）的時代。

3 原文為「摂政」（せっしょう），天皇的輔佐，掌握政治
的實權。本文稱攝政（liap-tsìng）。

4 藤原基経（ふじわらのもとつね，八三六～八九一）：平
安前期的貴族。中納言藤原長良之三子，過繼給叔父攝
政良房為養子，繼其攝政職位。擔任陽成天皇的攝政、
光孝天皇的政務代行、宇多天皇的關白。

5 五位：武士的位階。五位是允許上殿的最低位階，不過
要升到四位相當困難。

6 舊記（旧記）：指《今昔物語》和《宇治拾遺物語》。

7 日本の自然派の作家：日本在一九〇〇年代（明治末期～
大正初期），自然主義成為文壇的主力，活躍的作家有島

崎藤村、正宗白鳥、近松秋江、岩野泡鳴、真山青果、小
栗風葉等人。自然派以自我體驗為基礎，描寫平凡人的
日常及現實的審視，跟芥川的觀點不同。此段是對自然
派的諷刺。

8　原文為「侍所」（さむらいどころ）：平安時代在院、親
　　王、攝政關白、公卿家服侍的武士，辦理該家事務的場
　　所。本文稱「武士處」。

9　原文為「別当」（べっとう）：親王家、攝政關白家、大臣
　　家的武士處所的長官。

10　孽譎仔話（giat-khiat-á-uē）：戲謔嘲諷的話。

11　原文為「篠枝」（ささえ）：竹製裝酒的攜帶式容器，本文
　　稱竹管壺（tik-kóng-ôo）。

12　指貫（さしぬき）：袴（褲裙）的一種。著直衣、狩衣時
　　穿的褲裙。

13　原文為「二宮の大饗」（にぐうのだいきよう）：二宮是
　　東宮（皇太子）和中宮（皇后）。每年正月初二拜謁後，
　　中宮及東宮會設宴招待親王、公卿以下的近臣。

14　原文為「上達部」（かんだちめ）：平安時代對攝政、關
　　白、太政大臣、左大臣、右大臣、大納言、中納言、參議
　　及三位以上的總稱。本文稱「公卿大臣」。

15　原文為「取食み」（とりばみ）：饗宴的剩菜放在庭院讓
　　乞食者吃。乞食者稱此為取食（tshú-tsiàh）。

16　藤原利仁（ふじわらのとしひと）是平安時代的貴族、將
　　軍，歷任越前、能登、加賀、武藏的武將。

17　民部卿時長：指藤原時長。民部卿即民部的長官。民部

是掌管戶籍、租稅、土木、交通的部門。

18 原文為「朔北（さくほく）の野人」：利仁是北方敦賀的人，故稱他為朔北的野人。

19 原文為「侍学生」（さむらいがくしょう）：在大學寮（古時培育官僚的機構）有學籍、在貴族家服侍的武士。本文稱「武士學生」。

20 原文為「行縢」（むかばき）：騎馬時，覆蓋在腰部以下的覆蓋物。本文稱護腿（hōo-thuí）。

21 原文為「加茂川」（かもがわ）：又稱賀茂川，今稱鴨川，為流經京都市的一級河川。

22 粟田口（あわたぐち）：京都市東山區的地名，三條白川橋之東，東海道進入京都的入口。

23 原文為「鬢黒く鬚ぐきよき」：鬍鬚濃厚，左右耳際的鬢髮漂亮。本文稱「飄撇美男子」。

24 月毛（つきげ）：毛是茶色帶紅的馬。蘆毛（あしげ）則是白色混有黑毛或其他色的毛。

25 原文為「調度掛と舍人（とねり）」：武士外出的時候，攜帶弓箭等稱調度役。舍人：跟隨主人的雜役。

26 原文為「鶺鴒」（せきれい）：體長約五至六寸，羽色有黑白相間、黃綠相間和黑灰相間等三種形態。因為喜歡在牛屎中找昆蟲吃，故稱牛屎鳥仔（gû-sái-tsiáu-á）。

27 比叡山（ひえいざん）：位於日本京都市東北隅的山岳，自古即被視為鎮護京師的聖山，山中有歷史悠久且香火鼎盛的延曆寺與日吉大社。延曆寺為日本佛教天台宗的總本山，列入世界文化遺產。

28 三井寺(みいてら):正式名稱是園城寺(おんじょう
   じ)。位在日本滋賀縣大津市,為日本四大佛寺之一。天
   台宗寺門派的總本山。

29 敦賀(つるが):當時稱越前國敦賀郡。越前為今日的福井
   縣(ふくい)。敦賀位於福井縣南部敦賀灣沿岸,是座港口
   城市,歷來作為戰略交通中心,擁有輝煌燦爛的歷史。

30 原文為「近江(おうみ)の湖」:即琵琶湖,為日本最大
   的湖泊,約有日月潭八十幾倍大。

31 巳時(tsī-sî):早上九～十一點。

32 高島(たかしま):現稱高島市,位於滋賀縣西北部,琵琶
   湖的西岸。距三井寺約二十八公里,到敦賀約四十公里。

33 點陳(tiám-tîn):原為詳細、謹慎之意,在此作「清晰、
   清楚」之意。

34 反變(píng-pìnn):應變。

35 破籠(わりご):以檜木等白木的薄木板製成、搬運用的
   食器。有圓形、方形、三角形、扇形各種形狀。本文稱飯
   菜籠(pn̄g-tshài-lang)。

36 戌時(sut-sî):晚間七點到九點。

37 阪本(さかもと):位於滋賀縣大津市,是比叡山延曆寺
   和日吉大社的門前町,自古繁榮。

38 直垂(ひたたれ):直垂衾(ひたたれふすま),有衣袖
   衣襟像衣服的棉被。本文稱「衫仔形棉被」。

39 卯時(báu-sî):早上五～七點。

40 五斛納釜(ごくなふがま):五十斗大的大鼎。一斛是十
   斗,五斛為五十斗,約九百公升。

【譯者導讀】

　　〈淮山糜〉原文號做〈芋粥〉（いもがゆ），是芥川龍之介短篇小說代表作之一，文章大約一萬三千字，較倚中篇小說的長度。

　　「芋」佇本文意思是淮山（山藥），芋粥就是淮山糜。淮山糜是共淮山切做幼片，佮甘葛汁做伙焿做糜的。佇西元九○○彼年代的古早時，是無比止的好食物，是佇萬乘之君的天皇桌頂才有的佳肴，一般人是真僫食著的。

　　叫做「某」的小說主角是五位低級武士，服侍攝政藤原基經，是一個無志氣、人範誠平凡的荏懶人，佇故事內就叫做「五位」。伊的同事甚至囡仔攏共欺負、凌治，逐個人攏看伊無，獨獨一個無位的武士同事佝伊。不而過，平凡的人嘛有一個向望，就是「淮山糜食甲飽」，嘛獨獨有一位高長大漢、人範好、身份高貴的同事藤原利仁（尾後做甲大將軍）佝伊，焉去利仁的大厝宅款待，準備足濟的淮

山糜予五位食甲飽。到尾仔，囥佇五位面前是一
桶一桶貯甲滇滇的淮山糜，伊食無偌濟就喝講「好
矣」。

　　芥川這篇〈淮山糜〉，佮另外彼篇〈鼻仔〉全
款，是對平安時代末期的《今昔物語集》佮鎌倉時
代前期的《宇治拾遺物語》這兩本古籍的內容做
底，是描寫「人性的醜惡佮暗烏」的小說。而且芥
川的小說，描寫人事物自來是真實閣活 lìng-lìng。
讀者會當對下跤這幾个方向去挖、去掘，掘出家己
全款的心聲：

　　五位佮利仁，就是無志氣平凡人物 vs.人範好
身份高貴的人物之對比。平凡人物唯一的向望「淮
山糜食甲飽」，對連想就毋敢想，到面前一桶一桶
滇滇的淮山糜，煞食袂落去的過程，佮伊的心理變
化。同時會當對五位佮利仁自京都行到敦賀的路
程，掘地圖或親身行一逝來觀察比對，會有無全款
的發現喔！

【連想——「有情」「樸實」的田庄生活景色】

想起細漢時彼困苦的年代，庄裡娶新娘欲食桌，是全庄的大代誌，嘛是做囡仔 --ê 日思夜想的期待。

會記得彼時食桌攏佇中晝，無冰箱的時代，一切攏愛現做。前一工的下晡時，佇大埕就來設一个臨時的灶跤、起灶、設攢料理的大桌。同時嘛有人刣豬，剁肉準備落鼎，當然豬是主人算好的，飼咧等這工來刣。嘛有人來搭布帆，攢椅攢桌，閣有大鼎、各種的鍋仔、碗盤、箸、湯匙、柴、捀菜的桶盤（tháng-phuânn）等等的器具，一般人若攢幾桌仔是有夠，欲攢到幾十桌就愛共厝邊隔壁 --ê 借來用。

來鬥相共 --ê 攏是庄裡的人，彼陣的農業社會，咱有一種叫做「相放伴」（sio-pàng-phuānn）的傳統，無論是佈田、割稻、娶某嫁查某囝、喪事，攏是按呢咧相放伴。啥人兜欲娶新婦會提早通知，

啥人會曉做啥？啥人適合做啥？食桌用的器具佇啥
人遐？有偌濟？攏早就知影矣。食桌的扑頭人是事
前就「適材適用」，有啥人會來？愛鬥創啥工課？
是事前就共安排好勢囉。

一个家口娶新婦，袂輪規庄咧娶新婦，規庄的大
人、囡仔總動員。娶新娘彼工，一透早，有另外一陣
人去娶新娘，新娘娶轉來佮種種儀式的完成時間愛會
赴中晝的食桌等等的幼項……佇遮就省起來。

大埕自透早就開始沖沖滾：燃火 --ê、揀菜 --ê、
切菜 --ê、廚子、水跤……全無閒咧攢料理。厝邊隔
壁的囡仔是上歡喜，嘛攏來咧鬥鬧熱。無偌久火起予
著矣，烏煙、水氣、芳味、人聲，規个是鬧熱滾滾。

就欲食桌矣，阮遮的囡仔提桶盤負責捀菜，較
大漢的捀兩碗菜去送兩桌，較細漢的手尾力較無，
就捀一碗送一桌。彼時阮遮的囡仔是足愛去鬥捀
菜，因為會當食一頓腥臊。彼个困苦的年代，欲食
著魚食著肉，干焦過年過節才加減會當啖一屑仔。
彼个時代欠油臊，會記得若是捀著囡仔較濟的桌，
逐出菜攏食甲焦焦賰無半粒。碗盤捀倒轉去，攏免

煩惱菜尾欲囥佗位。當然食桌的菜尾會分予厝邊隔壁，猶會記得菜尾會當食幾若工咧。

彼陣鬥捎菜時食過的大封（tuā-hong，封肉），幾十年後的今仔日，想著猶會吞喙瀾，喙舌閣捷一下咧。

田庄這款「有情」、「樸實」的生活景色，現此時都看無矣。

時代敢若咧進步，煞有濟濟的好物無去矣；古早的傳統是真有意義，煞予時代無情來汰。

這到底是進步？抑是退步咧？

杜子春

Tōo Tsú-tshun

杜子春，とししゅん

一个春天的欲暗仔時。

唐朝京城洛陽（Lȯk-iông）的西城門跤，一个少年人愣愣徛佇遐咧看天。

伊號做杜子春，原底是好額人兜的子弟，猶毋過，現此時財產是開甲焦焦，變成一个連彼工的生活就毋知欲按怎過、茫茫渺渺的可憐人矣。

講著斯當時的洛陽，通天下是無一个所在會比並得，是繁華無比止的京城。街仔路挨挨陣陣的人啊車啊是泅秫秫 1，像油遐爾金滑的日頭光斜西照著西城門，老人戴的紗帽、閣有土耳其（Thóo-ní-kî）製的查某人金耳鉤，或者是五彩馬索妝姙的白馬⋯⋯光景相連紲變化無停睏，嫷甲親像一幅圖。

不而過，杜子春猶原共身軀掌佇西城門的壁堵，愣愣咧看天。清朗的天頂，佇飄流的雲尪頂懸，一粒仔囝的月娘可比爪痕浮一屑仔白影出來：「日頭都落山矣，腹肚嘛枵矣，而且，去到佗位嘛無一个所在會當予我蹛暝——活甲這款形，較輸跳

河死死去較規氣啦」。

杜子春拄才仔就一直咧空思夢想這有的無的。

毋知是對佗位來的獨眼老大人,雄雄行到伊面頭前停跤落來。西照日炤著老大人,彼身影拄好到西城門時,伊那掠杜子春的面金金看,那用粗魯的口氣問伊:

「你是咧想啥 hannh?」

「我?我下暗無所在通睏,當咧想看欲按怎?」老大人是雄雄問伊的,杜子春一時間啥物都無想,目睭眙眙[2]照實回答。

「是按呢喔!誠可憐!」老大人敢若佇咧想啥,恬恬無講話有一觸久仔。過一睏仔,伊手就去指彼照佇大路的斜西日頭光,講:

「按呢我就來報你一件好空的:這馬你去徛佇西照日下跤,就佇身軀照佇塗跤的影彼个頭殼位,到暗時你就去挖,定著會當挖著聽好貯規台車的黃金。」

「敢有影？」

杜子春驚一趒，隨就共頭殼攑起來，怪奇的是，彼个老大人已經毋知走去佗位，四界位去看攏看無伊的人影，來來去去無停睏的人陣的頭殼頂懸，兩、三隻較著急的密婆從來從去飛啊飛。

二

干焦一工，杜子春就變做洛陽京城無人比會過的大好額人。伊照老大人的話，佇西照日照著伊身軀的影的頭殼彼位，挖著一台車嘛強欲貯袂落去的黃金。

變做好額人阿舍的杜子春，隨就買一間麗倒 (lè-táu) 氣派的大厝宅，日子過甲袂輸玄宗皇帝 (Hiân-tsong hông-tè) 彼款拍翙[3] 奢華，親像講叫人去買蘭陵的酒、去調桂州的龍眼肉轉來、大花園種的牡丹一工通開四擺無仝色的花蕊、放飼幾若隻白孔雀、收集玉仔、縫製綾羅綢緞[4]、起造香木車、蓄

5 象牙椅等等的奢華物仔……若欲總共寫出來,是寫都寫袂了。

就按呢,往擺伶路裡相拄都毋捌相借問的朋友,一下聽著風聲,隨全從來伊的厝宅行踏。無到半年,洛陽城內有名的才子美人,閣無人毋捌去過杜子春的大厝宅。杜子春為欲招待遮的人客,就逐工攢酒宴,彼款酒宴的奢颺虛華是言語講袂透機的。簡單提幾个例來講,譬如:杜子春是用金杯仔啉西洋來的葡萄酒,天竺 6 出身的魔術師表演吞刀仔;杜子春的身軀邊有二十名美女,十个美女的頭毛是插翡翠做的蓮花,另外十个的頭毛插瑪瑙做的牡丹,佇咧歕篪仔 7 兼彈琴,演奏輕快的音樂。

不而過,人較按怎好額,錢嘛是開會焦。杜子春是遮爾仔討債,過一、兩冬人就杳杳仔變散赤矣。就按呢,人是薄情的,昨昏(tsǎng)以前逐工來的朋友,今仔日過個兜大門,是連相借問都無。到尾仔,第三年的春天,杜子春閣佮早前仝款,錢是賰甲無半仙,閣 lóng-lóng 的洛陽京城無甲一間厝欲借伊蹛。毋是,毋但無人欲共厝借伊蹛,是連一杯茶嘛無人肯予啉。

　　就按呢，某日的欲暗仔時，伊閣來到洛陽西城門跤，愣愣徛佇遐咧看天，仙想嘛想無步。就佮以前仝款，一个毋知對佗位來的獨眼老大人，閣來到伊的面頭前：

「你是咧想啥？」伊出聲共問。

　　杜子春看著老大人是真見笑，頭殼犁犁，有一觸久仔無應話。是講，彼日的老大人猶是真親切，閣問伊一擺。

「我下暗無所在通好睏，咧想看欲按怎才好咧？」杜子春嘛是歹勢歹勢講仝款的話。

「是按呢喔！誠可憐！我就來報你一件好空的：這馬你去徛佇西照日下跤，就佇身軀照佇塗跤的影彼个胸坎的位，到暗時你就去挖，定著會當挖著聽好貯規台車的黃金。」

　　老大人按呢講煞，這改是行入去洘洘的人陣內底，親像夆拆拆去彼款，無看人影矣。

　　第二工，杜子春隨閣變做天下第一的大好額

人，全款閣來過彼款伊想欲創啥就創啥的討債日子。大花園當咧開的牡丹、牡丹跤咧睏的白孔雀、閣來就是天竺來的魔術師表演吞刀的魔術⋯⋯全佮頂擺全款。

就按呢，規台車貯甲滇滇的黃金，無三年就閣開甲空空矣。

<h2 style="text-align:center">三</h2>

「你是咧想啥 hannh？」

獨眼老大人第三擺來到杜子春的面頭前，問全款的話。當然，彼个時陣，伊全款佇洛陽的西城門跤，愣愣徛佇遐，恬恬咧看月眉沓沓仔共雲尪挃破。

「你是咧叫我 honnh？我就下暗無所在通好睏，咧想講到底是欲按怎呢？」

「是按呢喔！誠僥倖！好啦我來報你一件好空

的：這馬你去徛佇西照日下跤，就佇身軀照佇塗跤的影彼个腹肚位，到暗時你就去挖，定著會當挖著聽好貯規台車的……」

老大人的話講到遮，杜子春隨攑手共老大人的話斬（tsánn）掉。

「毋 nooh，錢我是無欲捾矣。」

「無欲捾錢？哈！哈！按呢看起來，你對奢華的日子是厭癀矣 hannh！」

老大人那用怪奇的目色，那掠杜子春的面金金看。

「毋是，毋是厭癀奢華的日子，是對『人性』感覺飫（uì）矣。」杜子春激一个袂爽的面腔，粗魯共應。

「這就趣味閣，是按怎對『人性』感覺厭癀咧？」

「人啊就是薄情。我是大好額人的時，就是有

人會綴佇尻川後共你扶扶挺挺。等你無錢空空矣，好好仔共看覓咧！連一屑屑仔溫柔的面色嘛毋肯予你。代誌想到遮 honnh，準閣予我一擺機會變大好額人，感覺嘛是無啥物路用咧。」

聽著杜子春遮的話，老大人隨就拉嘻拉嘻 (la-hi-la-hi) 笑出來。

「是按呢喔！啊，你無像一般的少年人，感心你是捌代誌的查埔人。按呢你敢有想欲過彼款人散食、會穩心袂怨嘆的日子無？」

杜子春是有小可仔躊躇一下……隨就褫開伊彼雙帶決心的目睭，金金相老大人的面，袂輸咧哀求。

「這馬的我是無才調啦！所以，我想欲請你收我做弟子，通綴你學習仙術。請你就莫閣掩崁，你是一个道行高深的仙人，著無？若毋是仙人，哪有法度一个暗暝就共我變做大好額人咧？請你做我的師父，傳授我彼款仙想都想袂到的仙術。」

老大人猶目頭結結，一時仔恬恬無講話，若像

唰想啥物代誌的款。無偌久，笑笑仔那講：

「確實我是蹛佇峨眉山（Ngôo-bî-san）、號做鐵冠子的仙人。上頭仔（siōng-thâu-á）拄看著你，就感覺你是一个捌代誌的少年家，才會予你兩擺機會變大好額人。是講，你若的確有想欲做仙人，我就收你做徒弟。」誠爽快就允伊矣。

杜子春是歡喜甲袂講得，老大人的話猶未講煞，人就覆佇塗跤唰磕頭，是一擺閣一擺向鐵冠子磕頭說謝。

「毋是，我毋是欲捼你的感謝，做我的弟子會當成做一个出跤8的仙人抑袂？是愛靠你家己的。毋過，你就先佮我做伙到峨眉山的後山看覓咧。喔，誠拄好，有一支竹杈仔落佇遐，按呢咱就趕緊坐竹杈仔飛來去。」

鐵冠子就對塗跤抾一枝青竹，喙那唸咒，佮杜子春親像是跙起馬頂按呢，迒（hānn）起去彼枝青竹。想袂到竹仔就親像一尾活龍，真有勢面彼款搢（tsìnn）對空中去，鑽過清彩春天欲暗仔時的天頂，

飛對峨眉山彼爿去矣。

　杜子春是驚甲強欲破膽，膽膽對下跤看去。猶毋過，下跤面干焦會當看著斜西的日頭光照著青翠山嶺，彼洛陽京城的西城門（料算規座去予紅霞包牢咧），是較按怎相都相無。這時，鐵冠子的白喙鬚是據在風吹，閣衝懸音來唸歌詩：

朝遊北海暮倉梧
Tiau iû Pok-hái bōo Tshong-ngôo
袖裡青蛇膽氣粗
Siū lí tshing-siâ tám-khì tshoo
三入岳陽人不識
Sam jip Gak-iông jîn put sik
郎吟飛過洞庭湖
Lông gîm hui kò Tōng-tîng-ôo

四

青竹杯載這兩个人，一下仔囥就飛到峨眉山矣。

彼是佇深無底山谷邊仔的一塊闊面的岩石頂，看起來是真懸的所在，半空中垂落來的北斗星是大甲像茶碗咧閃閃爍爍。本成就是無人行跤到的深山，四箍輾轉是恬 tsiuh-tsiuh，干焦有後面絕壁頂一欉樹椏彎彎曲曲的松樹，予夜風吹甲 khòk-khòk 叫的聲是傳誠久才會到耳空。

兩个人來到岩石頂，鐵冠子叫杜子春坐佇絕壁下跤，對伊講：

「較停仔是欲去天頂向王母娘娘請安，這段期間你就坐佇遮等我轉來。我一下離開，濟少就會有種種的惡魔欲來共你哐，愛會記得，毋管發生啥代誌，你攏絕對袂當出聲。只要有一句話講出喙，你就無法度成仙，遮的交代愛記踮心肝頭 hannh。好 honnh，準講是天地必開，嘛愛恬恬袂使得出聲。」

「無問題，我絕對袂來出聲。準性命會無去，

我猶是會激恬恬。」

「按呢 honnh，聽著你按呢講，我心就安矣，按呢我來去。」

老大人就佮杜子春相辭，隨騎起去竹柺，直直飛向暗時仔嘛看會著、像刀削去的山嶺頂懸，一下仔就無看見人影矣。

杜子春獨獨一个人坐佇岩石頂懸，恬恬咧觀看天星。就按呢經過半个時辰，深山林內的夜風是冷甲會鑽衫，空中雄雄有聲音來囉：

「坐佇遐的是啥物人？」袂輸咧共質問。

照仙人的吩咐，杜子春攏無共回應。

過一觸久仔，彼全款聲音閣來矣，就用嚴肅的聲共威脅：

「若閣無應，你著知連鞭會無命。」

杜子春當然是恬恬無應話。

　　按呢，就毋知對佗位跼起來的一隻虎，目睭是金 honnh-honnh，雄雄就跳起來岩石頂，掠杜子春直直繩，閣大大聲吼一聲。毋但按呢，彼隻虎頭殼頂懸的松樹樹椏是搖來幌去誠大下，隨看著後面的絕壁頂懸，有一尾四斗桶大的白蛇佇咧吐舌、火焰彼款匀匀仔趒過來。

　　杜子春猶是老神在在，連目眉都無振動，恬恬坐咧。

　　虎佮蛇若全時間相著全一个獵物，是會觀察對方的動靜，互相對看一時仔。猶毋過，這馬虎佮蛇是無相讓，同齊飛對杜子春來。代誌到遮，毋是去予虎牙咬著，就是去予蛇舌捲落腹！就佇咧想講杜子春的性命敢是連鞭就烏有去的彼時，虎佮蛇煞像一陣雺霧，隨夜風消失無去。干焦賰絕壁的松樹椏佮拄才全款，予夜風吹甲 khók-khók 叫。杜子春就放落心，喘一个大氣，那咧等紲落來的齣頭會是啥物？

　　一陣風就吹來矣，墨汁彼款的烏雲強欲共天頂總封起來，薄薄仔的紫色爁爁暴其然（pō-kî-jiân）共烏暗破做兩爿，恐怖的雷聲隨霆來。毋是，毋但

雷聲爾爾，大雨隨像水沖同齊對天頂倒落來。杜子春佇這款的天變（thian-piàn）當中，一點仔都無驚惶，干焦是坐佇遐。風聲、雨水聲，閣來就是無停睏的爍爁光——有一站仔，伊感覺若是按呢繼續落去，是連峨眉山嘛會反（píng）過。猶毋過，過了一時仔，就霆一聲強欲共耳仔震破的大雷公，天頂彼規卷的雲尪內底，有一枝紅絳絳的火柱就對杜子春的頭殼摃落去。

杜子春共耳仔揜咧，覆佇大塊岩石頂懸，紲落來目睭擘金一下看，天頂佮以前全款是清彩無比止，彼爿懸懸的山嶺頂面，茶碗大的北斗星猶原是閃閃爍爍。看起來，遮的大風大雨和拄才的虎蛇全款，是鐵冠子無踮遮的時才有的惡魔的變猴弄。杜子春寬寬仔放落心，那共額頭的清汗拭掉，閣倒轉去岩石頂來坐好勢。

猶毋過，伊氣就猶未喘離，這擺煞出現一位穿鐵甲、身懸三丈[9]的威嚴神將。伊手攑三叉[10]，共三叉的戟頭（kik-thâu）拄佇杜子春的胸坎，目睭兇狂，嗙嗙叫（phngh-phngh-kiò）共責備：

「喂，你到底是啥物人？這個所在號做峨眉山，自開天地以來的古早至今，攏是阮咧蹛的。干焦你這箍毋驚死的才敢踏入來，按呢你毋是人類 honnh。若欲保存你的性命，就緊回答！」就對伊講遮的話。

杜子春猶是遵照老大人吩咐的話，恬恬無開喙。

「無欲應是無？──無欲應 honnh！好，若是無想欲回答就據在你，莫怪我的跤兵仔會共你鑿甲碎糊糊喔！」

神將共三叉攑懸，向彼爿山嶺的天頂攄去。就佇這時，烏暗隨裂開，使人著驚的，是有算袂清的神兵像雲尪彼款，共天頂欉甲洘秫秫，個個手攑的刀槍是金鑠鑠，規陣和齊（hô-tsê）就攻過來矣。看著這般勢面的杜子春驚甲想欲喝出聲，隨就去想著鐵冠子交代的話，就拚勢共喙咬予閣較絚。神將看伊一點仔都袂驚，是氣甲欲掠狂。

「你這箍鐵齒硬牙的，若是一直無欲回答，就

照拄才講的,欲來取你的性命喔!」

神將 tsuánn 喝出聲,三叉是金光閃閃,一下手就揀到杜子春的身軀邊。紲落來,神將發出大聲甲強欲共峨眉山反振動的大笑聲,就毋知走對佗位去,自按呢來消失。當然這个時陣,彼算袂清的神兵袂輸眠夢,隨夜風消失甲無影無蹤。

北斗星猶原冷冷照岩石,絕壁的松樹樹椏佮以前全款 khók-khók 叫。這時,杜子春是驚甲失神去,佇岩石頂坦笑倒。

五

杜子春的身軀佇岩石頂倒坦笑,毋過,魂魄恬恬仔脫離伊的身軀,走到地獄內底去矣。

這个世間佮地獄之間有一个號做闇穴道 (Àm-hiàt-tōo) 的通路,遐規年週天烏天暗地,寒燦燦若冰的冷風是 phiû! phiû! 吹無停。彼有一站仔,杜子春予這般的冷風吹甲像樹葉仔佇半空中飄流,無

偌久就來到有掛一塊「閻羅殿」橫匾的大殿頭前。

大殿頭前有規大陣的鬼仔，看著杜子春隨共圍起來，押到大殿的台座下跤。坐佇台座頂懸的大王身穿烏袍、戴金冠，威風凜凜四界睨，這位一定是人人驚的閻羅王。杜子春咧想講到底是會變按怎？伊就驚驚跪落去。

「喂，你是按怎會坐佇峨眉山頂懸？」

閻羅王的聲嗽像霆雷公對台座頂懸傳過來，杜子春想欲回答，隨想著鐵冠子交代的彼句「絕對袂當開喙」。就按呢，伊干焦頭犁犁，像啞口恬恬無講話。閻羅王共手提的鐵奏板[11]擛懸，喙鬚徛騰騰，嚴肅掛大聲共伊罵講：

「你這箍是共遮當做啥物所在？你上好是緊回答，若無，時辰若到，就愛受地獄的苦難喔！」

猶毋過，杜子春的喙脣全款是一點仔就無振動。看代誌按呢生，閻羅王隨對鬼仔彼爿大聲喝彼聽無咧講啥的話，眾鬼面驚驚，隨共杜子春掠咧，飛對閻羅殿的頂頭去。

這个地獄是人人知的，劍山佮血池以外，有號做「焦熱地獄」的火炎谷、佮號做「極寒地獄」的冰海，佇烏 khàm-khàm 的地獄是排規排映相倚。杜子春予鬼仔擲入去地獄底，隨就夆用劍揳入去胸坎，燃火共燒面，舌去夆掣掉，用鐵槌共損，閣擲入去油鼎內底焄。毒蛇共伊的腦髓欶去，熊鷹共伊的目睭捅（thóng）去──各種的痛苦欲算嘛算袂了，受著種種的無限無底的苦難折磨。杜子春拚死忍耐，喙齒根咬甲絚絚絚，就是無講半句話。

情勢按呢，遐的鬼仔齊看甲愣愣，就共杜子春押落，飛向暗趖趖的天頂，轉去到閻羅殿拄才彼个台座頭前，向台座頂的閻羅王和齊稟報講：「這个罪人按怎就是無欲開喙呢！」

閻羅王目頭結結，愯一時仔是毋知咧想啥物。無偌久敢若是去想著啥的款，對一隻鬼仔講：

「這个查埔人的爸母應該是墜落畜生道，緊共個炁來遮。」

鬼仔就隨共風坐咧，飛對地獄去。一下仔囤，

親像天星咧流動，鬼仔硬共兩隻野獸掠來到閻羅殿的頭前，杜子春看著野獸是驚一下強欲袂堪得，是按怎講咧？這兩隻的外形看起來是瘦馬，煞是佇夢中嘛袂放袂記得彼死去的阿爸阿母啊！

「喂，你是按怎會坐佇峨眉山頂懸？隨共原因講出來，若無，這改恁爸母會受苦楚喔！」

杜子春予閻羅王按呢嚇，猶是恬恬無回答。

「你這箍不孝囝，無咧掛心爸母咧受苦，只要你家己好，是一點仔就無要緊，是無？」閻羅王一聲喝甲極恐怖，予閻羅殿強欲崩去。

「拍！恁遮的鬼仔，共這兩隻畜生的骨、肉共拍做肉醬！」

眾鬼同齊應「是」，隨共彼兩隻馬圍起來，鐵鞭擇起來就大力捽落去。鐵鞭發出 siú！siú！siú！的聲，無咧揀位的啦，共彼兩隻馬的骨肉拍甲碎糊糊。馬是變做畜生的阿爸阿母，疼甲規身軀咧滾躘，連血就對目睭流出來，彼個聲吼出來是痛苦甲予人不忍心，耳空聽著是袂堪得。

「怎樣，猶是毋願講，是無？」閻羅王叫鬼仔暫且共鐵鞭停一下，閣一擺叫杜子春愛趕緊回答。這个時陣，兩隻馬的肉是碎糊糊，骨頭嘛碎了了，倒佇台座頭前強欲斷氣。

杜子春下性命忍耐，那想著鐵冠子吩咐的話，就共目睭瞌予閣較絚咧。就佇這个時陣，伊的耳空聽著無成（tsiânn）人聲的幼幼的聲：

「你就毋免煩惱，莫煩惱阮兩个是會變做按怎，只要你會當幸福，對阮是無閣較好的矣。毋管閻羅王按怎講，你若是無想欲講，就恬恬莫講話就好。」

這確實是伊所數念的阿母的聲無毋著，杜子春隨共目睭褫開，看著其中一隻馬全無氣力倒佇塗跤，悲傷痛苦的目睭共伊金金看。阿母佇這款的受苦當中，猶咧煩惱伊的囝兒，予鬼拍甲按呢，嘛無顯出一絲絲仔的怨恨。佮家己是大好額人的時共伊巴結的人、家己散赤時連甲一句話嘛袂癮對伊講的人比起來，是何等高貴的志氣啊！是何等勇敢的決心啊！杜子春共老大人的教示擲抻揀，親像是用翱

的來到阿爸阿母的身軀邊，共彼半小死的馬的頷頸攬牢牢，兩港目屎 kòng-kòng 流：「阿母──」是一聲就叫出來矣。

六

智覺著彼个聲音的時，杜子春是愣愣徛佇洛陽的西城門跤，身照斜西的日頭光。滿天雲霞，白色的月眉，來來去去無停睏的人陣佮車陣⋯⋯攏佮去峨眉山彼進前全款。

「按怎樣，你是有做過我的徒弟，仙人煞做無著。」獨眼老大人微微仔笑按呢講。

「做袂著！做袂著！不而過，仙人做袂著，顛倒予我感覺足歡喜的。」杜子春目屎含目墘，隨共老大人的手摸牢咧。

「準講是做仙人，我佇地獄的閻羅殿台座頭前，看著予鐵鞭拍甲退爾悽慘的爸母，是無法度恬恬無開喙的。」

「若準你恬恬無講話⋯⋯」鐵冠子面腔隨轉嚴肅，掠杜子春的面金金看：

「若準你猶恬恬無講話，我想我應該會當場就共你刣死——你都無向望欲做仙人矣，做好額人嘛厭矣，按呢今後你是想欲創啥咧？」

「毋管創啥，我干焦想欲做一个『人』，會當過正直的人生。」杜子春聲內底的彼款樂暢，從到今毋捌有過。

「這句話你毋通共放袂記得 honnh，按呢，以後我是袂閣佮你見面矣。」

鐵冠子喙那講，那共跤步踏出去，隨越頭對杜子春講：

「喔，誠拄好，現此時我才想著，我佇泰山南爿的山坪有一間厝，彼間厝佮厝邊仔的田地攏總送予你，你就趕緊去蹛。彼厝四周圍的桃花，無定拄仔好規片開甲當豔咧。」伊歡喜甲共遮的話煞尾。

◇◇◇◇◇◇◇◇◇◇◇◇◇◇

1　洘秫秫（khó-tsu̍t-tsu̍t）：形容路人行人非常多，既不方便穿越，也不容易前進。

2　目睭瞌瞌（ba̍k-tsiu kheh-kheh）：閉著眼睛。

3　拍翸（phah-phún）：揮霍，亂花錢。

4　綾羅綢緞（lîng-lô-tiû-tuān）：細滑有文綵的織物。用來比喻奢華的衣著。

5　蓄（hak）：購置較大、金額較高的財產。

6　天竺（Thian-tiok）：印度古名。

7　箎仔（phín-á）：橫笛。

8　出脚（tshut-kioh）：出擢（tshut-tioh）的同義詞。傑出、出眾。

9　三丈：三十尺。

10　三叉（Sam-tshe）：即三叉戟（sam-tshe-kik）。

11　奏板（tsàu-pán）：笏枋。

【譯者導讀】

〈杜子春〉(とししゅん)是二十八歲的芥川龍之介佇創作中期、大正九年 (一九二〇) 發表的名作，也羍選入做日本中學的教材，是以唐朝的神仙故事〈杜子春傳〉做底，改寫帶新的意義的小說。

這篇的概要是按呢：

唐朝京城洛陽有一个少年人杜子春，本成出世佇好額人的家庭，財產煞來開焦，淪落做散赤人。有一工，伊腹肚枵閣無地踮，咧想講活甲這款形，較輸死死咧較規氣。

伊就拄著仙人「鐵冠子」，報伊去挖黃金，講完了後仙人煞消失。杜子春就照仙人所講的挖著規車的黃金，一暗變做大好額人，就來過奢華的拍翩日子。猶毋過，這款奢華的日子過兩、三年了後，就閣淪落做散赤人矣。佮頂擺仝款，佇路頭咧想無步，鐵冠子閣再出現報伊得著黃金，奢華日子就閣來拍翩，落尾仝款閣變做散赤人。

第三擺拄著鐵冠子，杜子春就來拒絕，這擺伊想欲鐵冠子收伊做弟子，修行做仙人。鐵冠子予伊的修行約束是「準講是天地必開，嘛愛恬恬袂使得出聲」。經過種種的折磨佮酷刑，杜子春都共忍牢咧，煞佇看著爸母予人折磨彼時，杜子春實在擋袂牢，拍破仙人的約束，開喙叫一聲「阿母」。

杜子春仙人無做著，煞來悟著：決心欲做一个「人」，過正直的生活。

〈杜子春〉是一篇誠有趣味性的小說，透過故事的描寫、杜子春的心理變化、揣著答案的過程……到尾仔，芥川是咧問逐家：「你講，幸福到底是啥物？」

【連想──人生干焦有錢就好？】

早前的年代，台灣的經濟猶未起飛，逐家的日子攏是絪絪，三頓食會飽就愛偷笑矣。講著錢是人

人愛，有人認真拍拚、規規矩矩趁錢，逐工學習、每日粒積，建立家庭飼某晟囝，過樸實正直的生活。有的人是想欲一下手就有錢，隨就欲好額，有這種的人性和貪，社會上的「詐騙」就袂消失。

較早是按呢，現此時猶是仝款，只是步數無仝款，今是閣較濟、較科學、手路較幼而已。

較早彼个年代，人較單純，會記得彼時的諞仙仔會去收集「畢業紀念冊」，用內底的電話，假做你的同學敲電話予你，當然是會編一寡仔理由，譬如講：拄好來到你蹛的所在，無拄好 oo-tóo-bái 佮人相挵，愛賠人兩萬箍，欲共你借錢，請你提去某某所在予伊……等等諞仙仔的齣頭，現此時的咱攏想會到。

彼个時陣，詐騙是「單兵作戰」較濟，而且氣口無遐大，騙幾萬箍的程度爾爾，逐家嘛較提會出來。佮現代有組織，用高科技設備，見騙就幾十萬幾百萬、甚至幾千萬是完全袂當比的。

      *   *   *

　　楊仔有一個坐伊隔壁的高中同學，號做「阿雄」，阿雄的冊毋是誠勢讀，毋過運動是足在手的，縣級的比賽攏有著等，閣代表縣去參加省級比賽。家庭環境嘛袂穩，人生做將才，閣是有名的公立高職畢業的，欲揣頭路、飼某晟囝是一點仔就無困難。

　　畢業以後，就去做兵、食頭路、建立家庭，互相就較無聯絡。幾若年後，聽同學講阿雄咧做一項仙想都想袂到的事業。

　　阿雄是頭路食幾年了後，到屏東開「汽機車材料行」，開兩、三年煞喝倒收擔，當然伊是佮債主交涉，有共代誌處理好勢。猶毋過，隔一站仔伊人就到高雄，共家己改名，變換名號閣開一間「汽機車材料行」。

　　後來才知影，阿雄拍算欲用開店倒店來趁錢，伊的做法是按呢：

　　材料行拄開始假做規規矩矩咧做生理，起頭無人捌，伊就現金買賣，沓沓仔來建立信用。到甲

信用較有矣，頂手就同意共現金買賣改做：貨款一個月結一擺數，後個月才付錢，這號做「月結一個月」，條件較好的就會當後後個月付錢，就號做「月結二個月」。按呢貨款就有兩、三個月未付，會當算做是欠數，是一種「信用買賣」。

經過一段時間，阿雄就閣共材料行喝倒，毋過佇倒進前，伊已經先共貨品拍七折收現金俗俗仔賣掉矣，物件較俗當然就有人買。公司倒去了後就佮債權人交涉，貨款用三折賠錢。做生理往往（íng-íng）會扙著倒數，當做是歹運錢閣趁就有，就認輸三折賠賠咧準扙煞。就按呢，阿雄手中有貨款七折賣的現金，賠人三折就趁四折，一個月若做有五百萬的生理，兩、三個月的貨款總額是超過一千萬，倒一擺這个「賣七賠三趁四」的招數，就現趁四百萬以上。而且伊是按算對屏東開始開店，高雄、台南、嘉義、彰化到大肚溪為界，一个所在舞一擺，若趁有超過兩千萬就收山，欲去北部退隱快樂過日子。佇一九八〇年代，兩千萬箍是足大圓的，彼陣台北中山區的四十坪公寓才兩百萬爾爾。

這个騙術會漏洩出來，是因為伊去騙著熟似的

人，就是人講的「家己刣，趁腹內」。

當然彼个時代消息較無遐爾流通，第二擺以後才騙會到手，若是現在有網路的時代，消息隨就規台灣傳透透，哪會有第二擺？彼陣的人嘛較樸實，較無羍騙的經驗才騙會過。

* * *

照阿雄的條件，若是認真拍拚、規矩趁錢，定著會當過樸實正直的生活。偏偏阿雄就無愛，欲緊趁有錢就選這款無正當的步數，真無彩嘛真僥倖。

尾後伊確實是有賰一寡錢閣免做，毋過，按呢過生活敢會較快活？而且是愛掩掩揜揜來過日咧！

人生是啥？人生的價值是啥？人生敢干焦有錢就好？一个人好好仔運用上天、爸母賜予咱的本領，認真拍拚、學習，創造家己的最大可能，敢毋是會當較安心過日？

〈杜子春〉的故事到最後，師父鐵冠子問杜子

春：今後想欲創啥？伊的回答是：「毋管創啥，我干焦想欲做一个『人』，會當過正直的人生。」

這就是小說予咱的人生指引。

譯後記

Ik-āu-kì

【樂暢人生的台譯路】

原本我是準備退休後來做一項家己有趣味,閣會當對社會有回報的代誌,揣幾若年,才行到共日本經典小說翻譯做台文的「台譯路」,做樂暢人生的主要工課。

我是田庄大漢的原生台語人,爸母、家族,規個庄頭齊是講台語,入去國校以前毋捌華語生做啥款。後來出社會,家己的新家庭就免講,佇外口會特別要意隨時著講台語。會記得大漢後生入幼稚園的頭一工,聽無半句華語是嘛嘛吼哭袂停,路尾是阮去共㧣轉來的。這世人講台語、華語、日本語這三種語言,逐項攏認真學,自認袂輸予人。

就按呢,一直認為家己台語袂輸予人,當當欲好好仔來精進台語的時陣,雄雄才發覺家己「毋捌台語文字」,啊毋就是「台文青盲牛」?誠見笑,台文煞袂曉看、袂曉寫,這對我實在是足大足大的打擊。「青盲牛」這種見笑代呔會堪得!就開始買冊,

線頂學，家己學，學一站仔了後猶是捎無摠頭，就去參加郭永鎧老師的課程。

　　確實語文愛久長來粒積，著開時間佮伊做伙、和伊盤撋，予我想起較早加強日語文的土步：抄《文藝春秋》的文章，看著毋捌的字句去查字典，定著愛共意思拂清楚才煞。彼時我就來抄《教典》，自頭到尾一字一字抄，沓沓仔就有法度隨看「漢字語詞」隨用台語發音，四常「華語人」看著「漢字語詞」，頭殼連鞭就走華語音出來。毋知是好抑是穤，搪著 Covid-19 疫情袂當出門，就踮厝逐工抄《教典》「做議量」，量其約兩年外仔的時間共抄完，就感覺較袂予華語穤著，加減脫離華語的束縛。

　　當初郭老師勸我去考台語認證，做伙來為台語的生湠拍拚，我是想講我學台語是欲會曉台語文、共學上手而已，並無需要證書。是講，你講會曉，啊到底是「偌會曉」？就來去鑑定看覓，二〇二一年參加成大的台語認證得著 C1。

　　我一生佇企業服務，踮生理場走傱，追求的是利純。台語文會講、會讀、會寫，若無「產出」

(output) 等於無利純，毋就家己暗爽爾爾，愛來揣一个出路，這出路毋是欲求家己的利純，著愛對他人有利純。後來加入成大蔡美慧教授的「講台語答喙鼓 112」課程做台語伴（志工），同時看著教育部訓練高中的「台語老師」（個號做「教支人員」），想講少年時老師做無成，來做「台語老師」過癮一下，就參加台南大學辦的三十六小時訓練。準備欲參加「認證考試」的時，老牽手講：「你老歲仔人佮高中生的年歲差傷濟，上課敢有人會聽？」彼做老師的按算就按呢來化去。

落尾，對面友 Avery Wu 遐聽講順聰先生欲箍人做「經典小說翻譯」，起膽自我推薦，無疑誤，就此踏入台語的翻譯世界，蹔落去「芥川龍之介短篇小說」的台譯工課。

做落去才知苦，干焦有規腹熱情就蹔落，真正是青盲的毋驚銃，發覺家己會當隨捎隨合用的字詞實在有夠少。佳哉順聰先生無因步，共我指導兼鼓勵，閣指點我共譯文提去投台文雜誌：譯文欲予人看著，會加真濟壓力，譯文就會細膩斟酌，嘛較有動力來揤拚。就按呢，芥川的台譯文就佇《台

文戰線》、《海翁台語文學》等雜誌刊載,予我想起幾十年前,為欲加強日本語文,就揣日本的文章共翻做華語投雜誌,這是完全相檨的。論真講,這个世間敢有啥乜人、有乜代是準備好勢才落去做的?攏嘛是那做那學。

翻譯這檔頭,愛共原作的意思開拆予透,才通用別種語言來表達,全時牽挽兩種語言大大來提升。翻譯的檔頭毋是蓋輕可,為一句一字會來拂規晡,我會去回想較早是按怎講的,揣資料,問全沿的,慢慢仔共家己這幾十年失去的字句,一屑仔一屑仔拈倒轉來。

毋捌的實在傷濟,決定規心做台譯:自二〇二二年蹽落去拂台譯,除了生活上的必要事項,共所有雜務停止,逐工坐佇冊桌頭前佮電腦對相,全時間規心做台譯。就按呢,到出版這陣,芥川的小說已經完成三十捅篇,小泉八雲日本怪談文學也完成十幾篇,因緣牽成,閣接著台灣文學前輩楊逵日文版作品的台譯。台譯總仔共仔完成三十外萬字矣,看起來「樂暢人生」行了閣袂細伐,就勻勻仔來行落去。

　　退休前，我佇企業界無閒，佮冊較無緣。毋過，自細漢就足愛看冊，捌予阮 Âu（阿母）笑講是一個無藥醫的愛冊人。有影是料想袂到，食老煞逐工佮冊做伙，咧無閒台譯的事工，這時竟然有法度出冊，阮 Âu 若是猶佇咧，毋知會偌歡喜咧。

　　咱人是「群居」的動物，逐項代誌攏毋是家己一個人完成的，攏是得著濟濟人的幫贊。這本冊嘛全款，翻譯的路途上，受著順聰先生算都算袂了的指導佮鼓勵，號做「台文里長伯」的伊，台語文捌甲闊閣深，佇「文詞雕琢」這爿，予我真濟真大的幫贊。講著日文彼爿，感謝我的好厝邊：台中科大藤田美佐（鍾美佐）老師，有伊的指導協助，予我對日文的理解是閣較準確、幼路。

　　這本《羅生門》的催生者，是久年推揀日本文學的資深出版人、木馬文化前任社長陳蕙慧小姐，伊的目色和見解是利利利，一下揀就是芥川上有代表性的八篇傑作。

　　講著有聲冊，順聰先生毋知是佗一條腸仔想著，來去請勢做戲閣會曉作曲的布袋戲王子：王凱

生師傅來錄製。伊做代誌是遐爾仔拚命，氣口是遐爾仔婚氣，功夫盡展，用布袋戲藝術同齊予文學和台語轟動武林、驚動萬教。

閣愛感謝木馬文化副社長陳瀅如小姐、總編輯戴偉傑先生佇出版上的指導鬥相共，毋驚囉唆毋驚勞苦，一字一字頂真斟酌，予我對出版這專業毋但體驗著，是欽服閣再欽服。

最後，感謝老牽手桂玉的支持佮鼓勵，我才通無煩無惱規心做翻譯，牽你溫柔的手，行幸福的人生路。

2024.4.12

Kài tshuan Liông tsi kài
芥川龍之介

短篇
小說選 I（台語翻譯版）

【做伙來讀 1】

Lá
~
sioh
~
bòng

羅生門

作　　者　芥川龍之介
譯　　者　林東榮

副 社 長　陳瀅如
責任編輯　陳瀅如
日文編輯　戴偉傑
台文審定　鄭順聰
台文校對　董育儒
行銷業務　陳雅雯、趙鴻祐
裝幀設計　IAT-HUÂN TIUNN
內頁排版　Sunline Design
印　　刷　前進彩藝有限公司

出　　版　木馬文化事業股份有限公司
發　　行　遠足文化事業股份有限公司（讀書共和國出版集團）
地　　址　231023新北市新店區民權路108-4號8樓
電　　話　02-2218-1417
傳　　真　02-2218-0727
客服信箱　service@bookrep.com.tw
客服專線　0800-221-029
郵撥帳號　19588272木馬文化事業股份有限公司
法律顧問　華洋法律事務所　蘇文生律師

初版一刷　2024年6月
定　　價　NT$400

I S B N　9786263146907（平裝）、9786263146891（EPUB）、
　　　　　9786263146921（MP3）

出版補助　文化部 MINISTRY OF CULTURE

版權所有，侵權必究。本書若有缺頁、破損、裝訂錯誤，請寄回更換。
【特別聲明】有關本書中的言論內容，不代表本公司／出版集團之立場與意見，文責由作者自行承擔。

國家圖書館出版品預行編目(CIP)資料

羅生門：芥川龍之介短篇小說選. I/芥川龍之介著；林東榮台文翻譯. -- 初版. -- 新北市：木馬文化事業股份
有限公司出版：遠足文化事業股份有限公司發行, 2024.06　　　208面；15×21公分. -- (做伙來讀；1)
　　台語版　　ISBN 978-626-314-690-7(平裝)　　　861.57　　　　　　　113006923